# 삶을
# 춤추게 하라

마음챙김Mindfulness 명상에세이

# 삶을 춤추게 하라

마음챙김Mindfulness 명상에세이

초판1쇄발행 | 2014년 10월 10일
초판3쇄발행 | 2018년 06월 25일

글 | 혜라(嘒羅)
그림 | 김효선

발 행 인 | 김남석
편 집 이 사 | 김정옥
편집디자인 | 최은미
전 무 | 정만성
영 업 부 장 | 이현석

발행처 | ㈜대원사
주 소 | 135-945 서울시강남구양재대로55길 37, 302
전 화 | (02)757-6711, 6717~9
팩시밀리 | (02)775-8043
등록번호 | 제3-191호
홈페이지 | http://www.daewonsa.co.kr



값 15,000원

Daewonsa Publishing Co., Ltd
Printed in Korea 2014


ISBN | 978-89-369-0830-0

국립중앙도서관 출판시 도서목록은 e-CIP홈페이지(http://www.nl.go.kr/ecip)에서
이용하실 수 있습니다. (CIP제어번호 : 2014027335)

# 삶을 춤추게 하라

마음챙김Mindfulness 명상에세이

글 · 혜라(嘒羅) 그림 · 김효선

대원사

## 책을 펴내며 내 마음의 유토피아

나는 아주 어릴 때부터 항상 완전한 세계인 유토피아가 어딘가에 존재한다고 믿었다. 삶의 고통이 전혀 없고 마음은 늘 환희와 경이로움에 가득 차 있으며 불가능이 없는, 어떤 한계도 지워지지 않는 그런 곳이 있다고 믿었다. 하지만 내 기대와는 달리 유토피아의 꿈은 이루어지지 않았고 삶은 만족이 없이 늘 공허하고 힘들었으며, 항상 무엇인가 부족해 채워지지 않는 마음뿐이었다.

그러던 어느 날, 기습적으로 찾아온 병마와 경제적인 난관으로 인해 내 삶은 나침반을 잃고 사방으로 날뛰었다. 그렇게 심신이 병든 상태에서 내면의 신성을 회복하여 자신의 삶을 바꾼다고 하는 자운선가를 만났다. "사람은 누구나 신성을 갖고 태어났고, 삶이라는 짐에 짓눌려 그 신성을 잃어버렸으나 관념을 버리면 인간 본성이 회복되어 내가 우주의 주인이 되고 삶의 창조자가 될 수 있다."는 수행 중 들은 이 말은 신선한 충격이었다.

당시 나는 양자물리학과 양자역학을 통해 인간의식의 무한한 가능성이 있음을 이론으로만 알고 있었다. 그런데 수행을 통해 인간 근원 에너지인 의식의 힘을 발현시켜 자기 인생을 창조하는 우주적 인간이 될 수 있다는 것이다. 이는 곧 유토피아의 실현이었다. 가히 충격이었다. 인간은 누구나 내면에 신성을 지닌 위대한 존재이며, 마음을 바꾸면 얼마든지 현실을 바꿀 수 있다는 사실, 마음을 바꿀 수 있는 과학적이고 합리적인 수행방법이 있다는 사실에 가슴이 뛸 만큼 기쁘고 행복했다.

수행을 통해 뜨거운 눈물과 함께 관념을 버리니 내 안의 나를 제대로 볼 수 있었다. 그토록 괴롭혔던 병마도 사라지고, 경제적 어려움도 척척 해결되는 놀라운 일들이 일어났다. 더욱 놀라운 것은 하루하루가 그렇게 행복하고 기쁠 수가 없었다. 이론을 통해서만 알던 인간 근원의식의 힘을 수행을 통해 삶 속에서 실증하게 된 셈이다. 이 놀라운 '마음공부'를 자신이 삶의 주인임을 모른 채 괴롭게 사는 수많은 사람들에게 일깨워 주어야 한다는 사명의식이 일었다.

누구나 자운선가의 마음공부를 통해 자기 삶에 주인이 되고, 삶이 주는 좌절과 고통에서 벗어날 수 있다. 내 삶이 그랬듯이 의식이 있는 사람이라면 누구라도 삶이 변할 것이라고 확신한다. 더 많은 사람들을 삶의 고통에서 해방시키고, 자유롭고 행복한 삶의 창조자로서 자기 삶을 누릴 수 있는 주인의 권리를 되찾게 하기 위해 자운선가는 존재한다.

여기에 실린 글들은 자운선가 과학명상센터에서 수행자들에게 강의한 내용을 유튜브와 홈페이지 '혜라님의 토크' 방에 올려 함께 공유한 것들이다. 그간 많은 수행자들과 나누었던 글을 더 많은 사람들과 나누고자 책으로 엮는다. 이 책이 행복한 삶과 마음의 평안을 찾고 싶지만 방법을 몰라 헤매는 많은 분들께 한 줄기 빛이 되었으면 하는 진정한 마음을 전한다.

자운선가 과학명상센터 고운원에서 혜라(彗羅)

차 례

삶 속에서 고통이 오면 귀한 손님맞이하듯 반겨라.
고통이 그대를 성장시키고
'축복'이라는 손님을 데려올 것이다.

# 삶 1

*Mindfulness*

마음챙김 명상에세이

축복나무

## 삶은 우리를
## 성장시키는 학교

삶을 통해서 인간은 끊임없이 배우고 성장한다.
우주는 삶 속에서 다가오는 모든 사람들과 상황들,
그리고 자연을 통해서 그대를 가르친다.

알고 보면 온 우주는
나 하나 제대로 된 사람으로 교육시키려고 만든
학교와 같다.
오직 그 일념 하나로 우주는 돌아가고 삶은 펼쳐진다.
그러므로 삶에서 일어나는 모든 상황과
그대에게 오는 모든 사람들은
우주의 가르침을 전하는 메시지 전달자로서

우편배달부와 같다.

그 중에서도
고통과 고난은 가장 큰 가르침을 준다.
고통은 인내심을, 고난은 강인함을 길러 주며
이것들을 통해
더 나은 의식 수준의 인간으로 도약할 수 있다.

명심해야 할 것은
우주가 그대에게 '행복'이라는 선물을 줄 때에는
반드시 그 반대인 '불행'이라는 포장지로 싸서
배달한다는 것이다.
이 세상은
낮과 밤, 빛과 어둠, 여자와 남자 등
반드시 양극단이 동시에 존재해야 하는 곳이기 때문에
행복을 주려면
그 반대급부인 불행을 같이 주어야 하므로
불행의 포장지로 싸서 주는 것이다.
하지만 이것을 모르는 많은 사람들은
불행의 포장지에 싸인 행복이 배달되어 왔을 때

행복인 줄 모르고 되돌려 보내곤 한다.

삶 속의 고통도 축복이다.
행복이 불행과 같이 배달되듯이
고통은 반드시
축복과 같이 존재한다는 사실을 잊지 말라.
삶 속에서 고통이 오면
귀한 손님맞이하듯 반겨라.
고통이 그대를 성장시키고
'축복'이라는 손님을 데려올 것이기 때문이다.

그대가 삶 속에서
우주의 가르침을 잘 받아들이지 못한다면
배울 때까지 똑같은 상황이 반복된다.

만약 그대가 아직 가난에서 못 벗어났다면
가난을 통하여 삶 속에서 배워야 할 것이 있는데,
아직 그것을 알아차리지 못하고 있는 것이다.
'가난'이라는 고통의 손님이 왜 왔는지
극진히 모셔 들여 물어보고 배워야 한다.

가난은 우주의 가르침을
당신이 마음으로 받아들이기 전까지는
결코 떠나지 않는다.
그는 우주로부터 부여받은 임무를
완수해야 하기 때문이다.
가난을 통해 가르침을 다 배우고 나면
가난은 '풍요로움'이라는 자신의 친구를 불러들일 것이다.

그대를 힘들게 하는 주변 사람
특히, 그 사람이 부모나 형제자매라면
우주는 그들을 통하여
그대에게 삶의 진리를 가르치려는 것이고,
그것을 배우게 될 때
그대가 힘들어하던 상황은 종료된다.
그들이 어떻게 대하든
오직 사랑과 감사와 존경만으로 대한다면
우주는 가르침을 종료할 것이다.

하지만 우주의 가르침을 받아들이지 못하면
우주는 괴롭고 힘든 상황을 끝내지 않고

그대가 알아차릴 때까지 계속 반복할 것이다.

가난을 통해
가난의 원인이 되는 가난한 마음을 알게 되면
그 마음을 버리게 되어
가난이 떠나고 풍요가 올 것이다.
나를 힘들게 하는 원인인
주변 사람에 대한 원망이나 분노의 마음을 버리게 되면
사랑과 감사가 올 것이다.

이렇게 허상인 가난과 분노의 포장을 벗기면
실상인 풍요와 사랑이 나타남을 알게 될 때
더 이상 배울 것이 없어지니
상황은 종료되고,
삶은 한 단계 더 높은 의식 차원을 향해 나아간다.

이렇게 우주와 하나가 되는
가장 높은 의식의 차원인 깨달음에 다다를 때까지
삶 속의 가르침을 통한
의식의 성장은 계속된다.

우주가 가르치는 모든 것은 결국 하나의 결론에 도달한다.
삶이 우리에게 주는 모든 것은
오직 사랑의 선물뿐이라는 것이다.
에고의 입장에서 보면
너무나 비참하고 힘들고 증오하던 것들이
그 포장을 벗기고 보면
실제로는 축복이고 사랑이며 감사임을…….

그 진실을 알게 될 때 비로소,
삶을 통해 우주가 주는 모든 선물은
어떤 것이든 거부하지 않고 받아들이게 될 것이다.
그때 그대의 의식은
절대 긍정의 의식으로 전환된다.

이것은 머리의 생각과 이해로는 도저히 알 수 없고,
마음의 눈이 트이고
가슴이 열려야만 알 수 있다.

마음의 눈이 열리게 되면
이전에 육체의 눈으로 보던 모든 것들이

전혀 다른 새로운 의미와 가치로 다가온다.

마음공부를 하러 온 11살의 어린 소년이 있었다.
아빠가 자신에게 어떤 존재인지 묻자
“아빠는 돈 벌어 오는 사람”이라고,
엄마를 묻자 “엄마는 밥하는 사람”이라고,
“할머니는 애 보는 사람”이라고 대답하여
웃었던 적이 있다.
이 아이는 어려서 순수하기에 솔직히 대답했을 뿐,
아직 마음의 눈이 열리지 않은 대부분의 어른들 속마음도
이 소년과 같을 것이다.

누구나 육체의 눈으로 보는 아버지는
가족의 생계를 책임지느라 삶에 지친 늙은 남자이고
어머니는 거리에 흔하디흔한 중년의 아줌마로,
집안의 가사를 맡아하고 있는 사람일 뿐
그 이상의 의미는 찾기 어렵다.

생텍쥐페리의 소설 『어린왕자』에 보면
스승인 여우가 어린왕자에게 가르친 삶의 명언이 있다.

가장 중요한 것은 눈에 보이지 않는단다.
그렇다.
삶에서 가장 중요한 것은 육체의 눈으로는 볼 수 없다.
오직 마음의 눈이 열려서
그 눈으로 보고 느껴야 알 수 있는 것이다.

작은 별에서
장미꽃 한 송이를 키우는 어린왕자가 살았다.
어린왕자는 세상에 단 하나뿐이라고 생각한
자신만의 장미를 소중하게 여겼다.
장미에게 아침마다 인사말을 건네고,
물을 주고 해충을 잡아주며 소중하게 키우던 어느 날,
언덕 너머 반대편으로 산책을 갔다가 거기에서
수천 송이의 똑같은 장미꽃들을 발견하게 된 어린왕자는
자신의 장미가
단 하나뿐이 아니었다는 것을 알고 실망한 나머지
자기만의 것을 찾아
그 별을 떠나 지구별로 오게 된다.

지구별에서 만난 스승이 '여우'였다.

여우는 어린왕자에게 삶 속에서 소중한 것은
눈으로 보는 것이 아니라
마음으로 보는 것임을 가르쳐 준다.

여우가 말한다.
"네가 본 수천 송이의 장미들은 너의 장미와 똑같지 않아.
눈으로 볼 때만 똑같을 뿐
그 꽃들은 너에게 아무런 의미가 없지.
왜냐하면
네가 인사말을 건네고
물을 주고 해충을 잡아준 장미는 단 하나
너의 장미뿐이니까.
네가 그 별을 떠날 때
더 이상 너를 볼 수 없어서 슬퍼한 장미도
수천 개의 장미들이 아닌 너의 장미 한 송이뿐이야.
가장 중요한 것은 눈에 보이지 않는 법이지."

사람들은 삶 속에서
너무나 소중하고 가치 있는 것들을 가지고 있으면서도
마음의 눈이 닫혀 있어 보지 못한다.

마음의 눈이 열려야 볼 수 있게 되고,
이때 비로소 그것들의 의미가
사랑과 감사라는 것을 알게 되면서 감동하게 되고
삶에 대한 감사와 행복을 느끼게 된다.

아버지 어머니의 존재가
세상 어디에서나 흔히 볼 수 있는
나이 든 돈 버는 남자, 밥해 주는 여자가 아닌
오직 하나뿐인
가장 소중한 의미와 가치를 지닌 나만의 사람으로
가슴속에서 다시 태어나는 것이다.

이렇게 삶 속에 다가오는 모든 인연들이
마음에서 하나씩 새로운 의미로 태어날 때마다
인생은 버텨내야 할 괴로운 짐이나 숙제가 아닌
축복이며 감사임을 알게 된다.

마음의 눈이 완전히 열려
삶의 모든 비밀을 알게 되는 순간
마침내 우주는 당신 앞에 신비의 베일을 벗고

그 진실된 모습을 드러내게 된다.
그때 비로소
당신과 삶은 하나가 되어
오직 기쁨과 환희로만 존재하게 될 것이다.

행복한 소녀의 춤

## 삶이
## 존재하는 이유

가끔씩 어떤 이들이 나에게 묻는다.
왜 살아야 하느냐고.
살아야 하는 이유나 목적이 없는데
삶이 무슨 의미가 있느냐고.

왜 묻는가?
그대는 질문하는 그 놈 때문에 삶과 분리되어 있다.
삶은 아무 문제없이 완전함으로 빛나고 있다.
오직 삶과 그대의 분리가 문제일 뿐이다.

그대가 삶을 통해 어떤 목적을 찾으려 하고

무엇인가를 추구하고 성취하려고 한다면
그대는 죽을 때까지
삶이 무엇인지 알지 못할 것이다.
오직 삶과 하나 되어 울고 웃고 느끼고 소리칠 때
삶의 참된 가치와 의미를 알 수 있을 것이다.

사는 것에 의미를 부여하고 어떤 목적을 실현하기 위해
삶이 존재하는 것이 아니다.

삶이 있기에 인간이 존재하고 인간이 있기에 삶이 있다.
인간과 삶은 하나이지 둘이 아니다.
그러므로 삶은 그 자체가 목적이다.
삶의 모든 과정을 통한 창조의 기쁨이 목적인 것이다.

삶의 매 순간을 기뻐하고 즐겨라.
그것이 존재의 목적이다.
그대 안의 신성은 오직 기쁨으로 존재하기를 원한다.

해야 할 것들과 안 해야 할 것들,
지켜야 할 것들에 의해 삶이 채워진다면

삶은 이미 그 존재 가치를 잃어버린 것이다.

가치 있는 것과 가치 없는 것, 소중한 것과 하찮은 것,
고귀한 것과 비천한 것 등으로 구분짓는다면
삶과 그대는 이미 분열된 것이다.

어떤 목적도 없이 삶과 하나 되어 실존하라.
어떤 계율이나 분별도 없이 삶에 녹아들어라.

그때 그대는 '삶'이라는 신성의 몸짓과 하나 되어
황홀한 무아의 춤을 출 것이며,
더 이상 질문하지 않을 것이다.
왜 사느냐고.

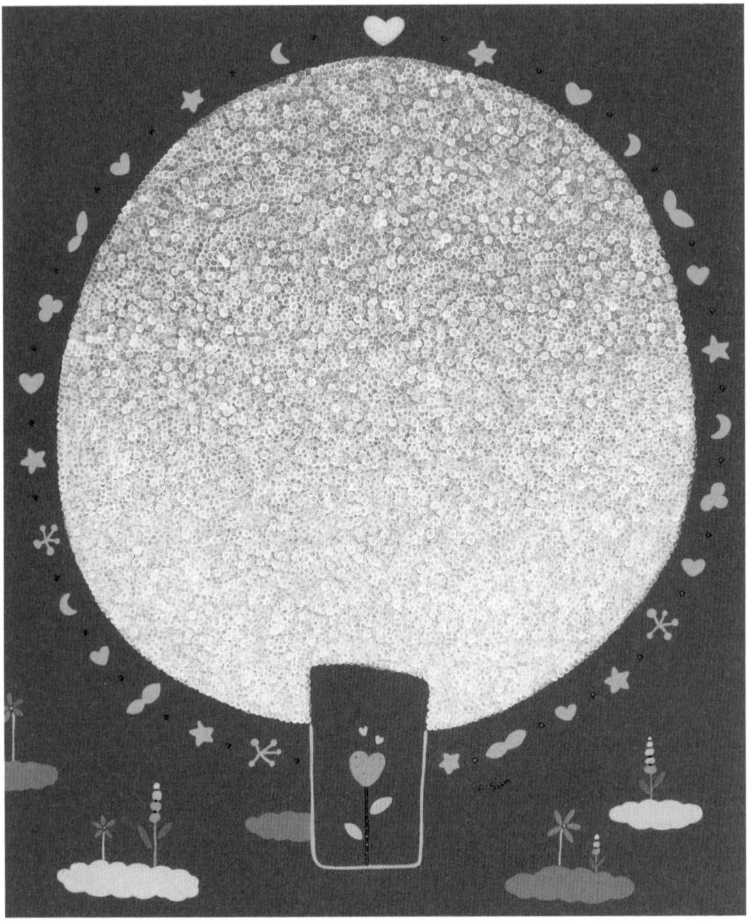

눈꽃나무

## 삶은
## 누가 창조하는가?

삶을 창조하는 자는 누구인가?
바로 그대 자신이다.

사람들은 이것을 모르고 산다.
자기가 창조한 결과물인 삶이
억울하다고, 고통스럽다고 하소연하면서
운명과 팔자를 탓한다.
자신이 운명의 주인임을 모르는 무지의 탓이다.

아는 것과 모르는 것은
하늘과 땅 차이만큼이나 다르다.

아는 만큼 보이고
아는 만큼 바꿀 수 있는 것이 삶이다.

기억상실증 환자가 되어
자신이 만든 줄도 모르고 괴로움을 당하는 것이
어리석은 에고이다.

하루빨리 기억상실증에서 벗어나
자신이 만든 삶인 줄 알아야 한다.

만든 자는 고칠 수 있으니
삶이 자신의 창조물이라는 것을 안 자에게는
자신의 삶을 바꿀 수 있는 자격이 주어진다.

왜 사람들은 자신의 진실한 모습을 보지 못할까?
자신의 진짜 정체를 모르는 걸까?
나타난 형상에 매여서
나타나 있는 내 몸이 나라고 믿기 때문이다.

몸은 '참나'가 타고 다니는 '자동차'에 불과하고

마음은 '참나'가 부리는 '하인'에 불과하다.
그대의 본질은 육체가 아닌 의식이다.

사람들은 너무 오랫동안
보이는 육체를 자신으로 믿어 왔기에
진짜 자신의 본질인 의식을 망각해 버렸다.
어떤 것에도 오염되지 않은 순수한 의식이
바로 그대이다.

의식은 모든 것의 창조자이며 생명의 본질이다.
이 글을 읽고 있는 그대의 진짜 정체는
의식으로서
몸과 마음을 초월한 존재이다.
그대의 본질인 순수의식은 어떤 존재일까?
그것은 머리의 생각을 넘어서 있고,
물질로 나타난 이 세상을 초월해 있다.
나타난 모든 것은 그것에서 나왔고
그것으로 돌아간다.

그것은 모든 선악과 시비를 초월한

절대선의 경지이다.
그것은 '나'라는 존재가 없는 무아의 경지이며,
'나'가 없어
어떤 것으로도 존재할 수 있는 자유함이다.
그것은 시간으로 영원하며 공간으로 무한하다.
그것은 어디에나 존재하지만
눈을 뜬 자에게만 보인다.
그것은 풍요로움이고 행복이며 사랑이다.
그것은 사랑으로, 우주를 창조한다.
그것이 바로 그대이다.

그대가 바로 운명의 주인,
삶의 창조주이다.
이 진실에 눈 뜨기 위해서는
자신의 내면으로 들어가야 한다.

잠재의식 가장 깊은 곳까지 닿으면
거기에 위대한 본연의 내가 있다.
존엄하고 거룩한 신성이 있다.
그 신성과 만나서 하나 된 자야말로

진정한 자기 삶의 주인이며,
위대한 우주의 창조자이다.

Talking to the moon

## 삶을 바꾸는 방법

많은 사람들의 소망이
자신의 현재 삶을 더 나은 삶으로 바꾸는 것이다.
사람들은 삶을 바꾸기 위해 외부적으로 많은 노력을 한다.
하지만 삶을 바꾸기란 쉽지 않은 일이다.
의식이 바뀌기 전에 삶은 바뀌지 않는다.
왜냐하면 마음이 삶을 창조하기 때문이다.

원하지 않는 삶의 문제를 창조한 주범인 마음이 버려져야
의식이 바뀌고 삶이 변한다.

"생각대로 산다."는 말이 있다.

여기에서 '생각'이란
어쩌다 하는 머리의 생각이 아니다.
잠재의식 깊이 각인되어
무의식적으로, 습관적으로 늘 하는
반복적 생각인 마음을 말한다.
우리의 잠재의식은 우주에게 늘 신호를 보내고 있다.
그 신호는 마음파동으로서
자석과 같은 기운으로
현실에 오는 사람들과 상황들을 끌어당긴다.
그래서 우리는 생각대로 살게 되는 것이다.

잠재의식 속 생각인 마음을 바꾸려면
그 생각을 창조한 과거의 경험정보를 없애야 한다.
'경험정보'란
살아오면서 느꼈던 슬픔과 분노,
우울함, 두려움, 수치심 등
감정적 또는 육체적 괴로움이나 고통이
기억으로 저장되어 있는 에너지를 말한다.

그 에너지는 끊임없이

의식적 무의식적으로 생각을 일으켜 현실을 창조한다.
칼 융이 말한
"내 삶은 내 무의식의 현현이다."는
바로 이것을 의미한다.

사람마다 과거 경험정보가 다르기에
다른 생각을 하게 되고,
그것이 삶을 창조하는 원료가 되는 것이다.
예를 들면,
고아로 자란 사람과
부잣집에서 사랑을 듬뿍 받고 자란 사람은
경험정보가 다르기에 마음도 다르다.
고아원에서 학대받고 자란 사람은
불평불만과 증오심,
세상을 향한 원망과 서러운 생각을 주로 할 것이고,
부잣집에서 사랑을 받고 자란 사람은 긍정적이며,
밝은 생각과 세상은 평화롭고 좋은 곳이고
사람들은 선하다는 생각을 주로 하게 될 것이다.

그 생각의 파동 에너지를 읽은 우주는

그 생각 그대로의 현실을 각자에게 돌려줄 것이다.

이미 양자물리학자들에 의해
우주를 이루는 최소 단위인 양자는 의식체로서
우리의 생각에 반응한다는 것이 밝혀졌다.
마음이 현실을 창조한다는 사실이
과학으로 입증된 셈이다.

과거의 기억을 통해
저장된 마음을 바꾸면 현실이 바뀌고,
현실이 바뀌면 미래도 바뀐다.
마음은 시공간의 지배를 받지 않으므로
마음 안에서는 얼마든지
과거의 경험정보를 없앨 수 있으며
그렇게 할 때
당신의 현실이 바뀌는 놀라운 기적이 일어날 것이다.

이제까지 사람들이
삶을 외부에서 바꾸려고 헛된 노력을 해왔기에
그렇게 힘이 들고,

심지어 불가능하다고까지 생각했던 것이다.

앞으로 사람들은 이 마음의 법칙을 이용하여
삶을 재창조하고 운용하게 될 것이다.
새 하늘과 새 땅을 창조하는
진정한 자기 삶의 창조자가 될 것이다.

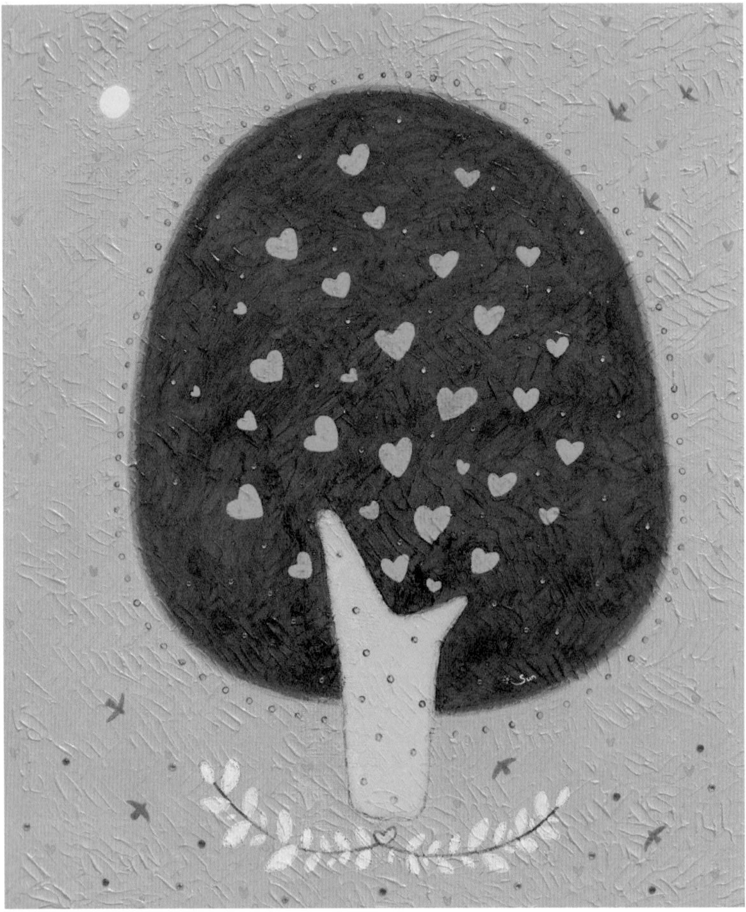

사랑이 꽃피는 나무

## 사랑과 감사의 삶

마음의 눈을 뜨고 보면 삶은 축복이요, 사랑이다.
삶 속에 어떤 것도,
심지어 고난과 고통조차도
나를 더 나은 길로 인도하기 위한
우주의 계획임을 알게 된다.

그래서 감사하다.
그래서 고난도 고통도 겁내지 않고 끌어안을 수 있다.

시비분별의 이중 잣대인 에고의 눈으로 볼 때는
모든 것이

불합리하고 부조리하고 불평등하게만 보이던 세상이
마음의 눈을 뜨게 되면
감사와 사랑과
아름다움으로 가득 찬 세상으로 바뀌게 된다.
실로 천지개벽이고 천지창조이다.

육체의 눈에 보이는 것이
돈과 권력과 물질 등이라면
마음의 눈에 보이는 것은
온통 감사할 것들, 아름다운 것들뿐이다.

인간은 이미 태어날 때
모든 것을 다 가지고 태어났고
우주의 모든 사랑을 한 몸에 받고 태어났기에
삶에서는 줄 일밖에 남아 있지 않다.

진정으로 귀하고
돈으로 환산할 수 없는 것들을
우리는 이미 우주로부터 선물 받고 태어났다.
세상의 아름다움을 볼 수 있는 눈,

산으로 들로 어디에나 다닐 수 있는 두 다리,
손가락 · 코 · 뺨 · 입술 등
인간의 과학으로는 만들 수 없는,
삶을 즐길 수 있는
신기한 도구인 육체를 선물 받은 것이다.

아무리 값진 다이아몬드를 준다 해도
당신의 눈과 바꾸지는 않을 것이다.
아무리 비싼 자동차를 준다 해도
당신의 다리와 바꾸지는 않을 것이다.
그토록 소중한 육체를
대가를 지불하지 않고 공짜로 얻었으니,
이미 우주로부터 다 받은 것이다.

우주가 공짜로 당신에게 준
돈으로 환산할 수 없는 선물에
가슴으로 기뻐하고 감동하지 않는다면
그대, 마음의 눈은 아직 열려 있지 않다.
그대의 가슴은 메말라서
사랑과 감사가 나오지 않을 것이고,

오직 에고인 육체의 눈으로만 본 세상은
건조하고 삭막하여
삶을 진정으로 즐기는 법을 모를 것이다.

그렇게 되면 그대는
살아야 할 이유를 찾게 되고,
목표 지향적인 인간이 되어
삶 속으로 들어가 느끼고 음미하는 것이 아니라
목적과 의무감으로 삶의 주변을 빙빙 돌며,
진짜 삶의 맛을 보지도 못한 채
죽음을 맞이하게 될 것이다.

아무 조건 없이
그저 존재한다는 이유만으로,
그저 살 수 있다는 이유만으로
기뻐하고 감사하며 행복할 수 없다면
그대는 한 번도
진정한 삶을 맛보지 못한 것이다.

행복은 조건에서 오는 것이 아니라

마음의 눈이 열려
자신의 존재가
우주의 경이로운 선물이자 기적임을 알게 될 때
조건에 상관없이
존재 자체가 느끼는 환희인 것이다.

사랑받지 못했다고
그리고 앞으로도
사랑받을 가망성이 없다고 불평하는 그대여,
불평하는 지금 이 순간조차
온 우주가 그대를 사랑하고 있음을,
그리고 과거에도 그랬듯이 앞으로도
영원히 사랑받을 것임을 알아야 한다.

한 인간이 우주에 잠시라도 존재하기 위해서는
온 우주가 도와주지 않으면 불가능하다.

지금 입고 있는 옷과 타고 있는 자동차
그리고 신발 등등
그대가 가지고 있는 모든 것들이 그대에게 오기까지

얼마나 많은 사람들의 땀과 노력과 손길을 거쳤겠는가.
밥 한 숟가락이 그대의 입에 들어가기 위해
수많은 사람뿐만 아니라
햇빛, 바람, 물, 곤충에 이르기까지
온 우주의 협조가 없다면 불가능했을 것이다.

온 우주가 지금 이 순간에도
그대 한 목숨 먹이고 입히고 살리기 위해
사랑으로 헌신하고 있음을 알아야 한다.
그 우주의 사랑을
가슴으로 느끼고 감동하고 감사하지 못한다면
그대는 병들어 있는 것이다.
마음의 눈이 닫혀 사랑을 느낄 수 없어
병들어 가고 있음을 알아야 한다.

치유의 길은 오직 하나,
밖을 향한 눈을 돌이켜
내면을 바라보는 마음의 눈을 떠야 한다.
밖의 세상은
조작이고 허위인 가짜 세상이다.

오직 그대 안에 참세상이 있다.

헛것인 신기루 세상을 보고 살면
마음이 공허하고 평안이 없다.
실상인 참세상을 보고 살아야
마음이 충만하고 평화가 있다.
하루를 살아도
참세상에서 살아야 사랑과 감사가 있다.

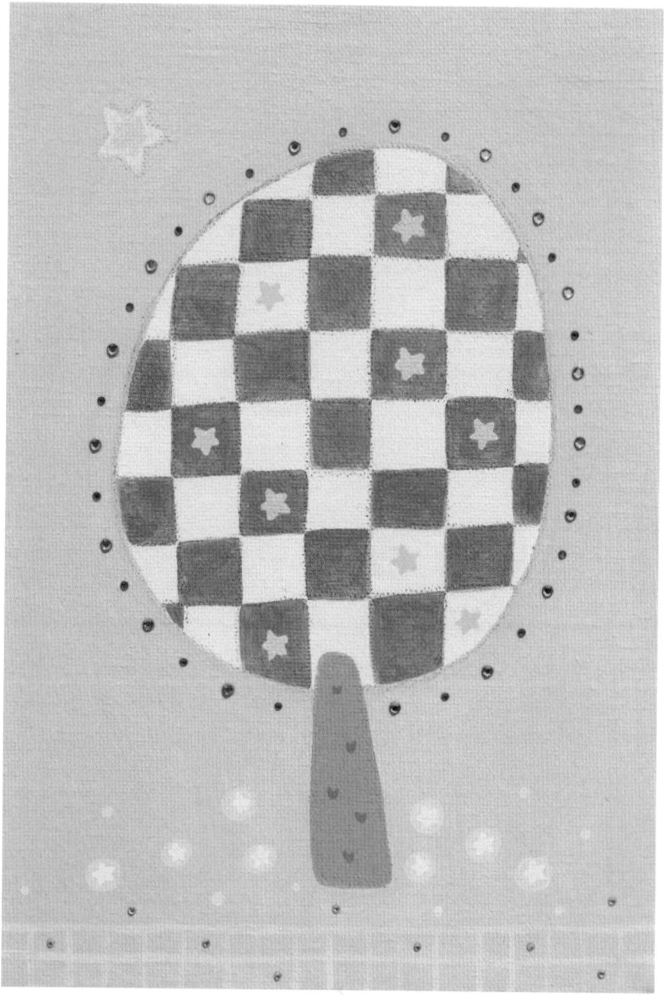

별빛나무

# 삶은 다이아몬드 밭

20대에 읽었던
『다이아몬드 밭』이라는 책이 기억난다.
이 책은 콘웰 박사의 저서로,
그는 무려 5700회 이상
'다이아몬드 밭'을 주제로 강연했을 정도로 유명하다.

그 내용은 저자가 여행 중
어느 안내원이 들려준 이야기로 시작한다.

페르시아 지역에
아주 넓은 과수원과 농장이 딸린 큰 저택을 소유한

나이 많은 어느 한 부자가 살았다.
그는 자기 삶에 아주 만족스러워하는 부자였는데,
부자라서 만족했고
만족했기 때문에 부자이기도 했다.

그러던 어느 날,
한 노스님이 그의 집에 놀러 와서
저 멀리 큰 산들 사이로 흐르는 강물 속에
다이아몬드 밭이 있다고 말해 주었다.
'다이아몬드'는 신이 창조한 광물 중
제일 나중에 만든 최고의 걸작품이며,
한편, 동물 중에서 최후 최고의 걸작품은
'여자'라는 것이었다.
그래서 그들 둘은 그렇게 서로 좋아하는 것이라고 했다.

노스님이 말하기를
다이아몬드 몇 줌이면 나라 전체를 살 수 있고,
다이아몬드 광산을 갖고 있으면
그 재력으로
자식을 왕위에 앉힐 수도 있을 것이라고 했다.

그 이야기를 들은 부자는
갑자기 자신이 가난하다는 생각이 들었고,
그 후 자신의 삶에 더 이상 만족할 수가 없었다.

그래서 그는
다이아몬드를 찾아
더 큰 부자가 되기로 결심을 하고는
전 재산을 팔고 다이아몬드 밭을 찾아 길을 떠났다.
그는 다이아몬드를 찾아
중동 지역과 유럽 전역을 떠돌다가
결국 가진 재산을 모두 탕진하고는
끝내 거지가 되어 죽고 말았다.

한편, 부자에게서 농장을 산 사람은
어느 날, 자신의 낙타에게 물을 먹이려고
자기 집 정원 한가운데를 통과해서 흐르는
맑은 강으로 나왔다가
강바닥에 반짝이는 까만 돌멩이를 주워
집으로 가지고 오게 되었다.
며칠 후, 집에 들른 그때 그 노스님이

그 돌멩이를 다이아몬드라고 하면서
이 집 원래 주인이 드디어
다이아몬드를 찾아서 돌아왔느냐고 물었다.

그 돌멩이는 다이아몬드가 아니라
자기 집 정원에서 주운 돌멩이에 불과하다고 말했지만
노스님은 다이아몬드가 분명하다며
즉시 정원으로 달려가
맑은 강물 속에서 여러 개의 다이아몬드를 발견해 냈고,
이후 이 곳은 인류 역사상 가장 장대한
골콘다의 다이아몬드 광산으로 알려지게 되었으며,
영국 왕실과 러시아 왕실 등이 소유하고 있는
가장 크고 값진 다이아몬드들은 모두
이 곳에서 생산된 것으로 알려질 정도였다.

안내원의 이야기를 들은 저자는
자신도 이와 비슷한 실화를 이야기해 준다.

할 줄 아는 것이라곤 아무것도 없어
실업자 신세가 된 어느 한 남자가

부인에게서 집 밖으로 쫓겨나
앞마당 개울 옆에 앉아 있다가
개울 속에서 송어 한 마리를 발견한다.

그는 송어를 잡아 아는 지인에게 보냈는데,
그 지인이 송어 한 마리당 5달러씩을 줄 테니
더 보내 달라고 요청했다.
그와 그의 부인은
돈 벌 생각으로 개울을 샅샅이 뒤졌지만
더 이상
한 마리의 송어도 잡을 수가 없어 낙심하고 있었는데,
마침 동네 교회의 목사님이
송어 양식을 해보는 것이 어떻겠느냐고 권한다.
송어는 1년에 알을 3800여 개나 낳을 정도로
번식력이 좋고 키우기도 쉽다는 말에
그 부부는 송어 양식을 시작했다.
처음엔 마당 개울에서 양식을 하다가
송어가 늘어나자
나중에는 미시시피 강에 큰 양식장을 만들어
대규모로 송어를 양식했다.

시간이 흐른 후 그들 부부는
송어 양식으로 큰 부자가 되었고,
남편은 전미 송어양식협회 회장이 되어
많은 사람들에게 송어 양식업을 지도해 줄 정도로
유명인사가 되었다고 한다.

또, 단풍나무에서 시럽을 채취하는 취미를 가진
어떤 사람이
우연히 단풍나무의 시럽이 굳어지는 조건을 발견하여
사탕을 만들어서 크게 성공한 이야기며,
실업자 신세였던 어느 한 목수가
자신의 아이들에게
목각 장난감을 만들어 준 것이 계기가 되어
유명한 장난감 회사의 사장이 된 이야기 등을 말해 준다.

이 책에서
사람은 누구나 자신만의 다이아몬드 밭이 있고,
그것을 찾게 되어 그 길을 따라가다 보면
마치 행복과 성공이 저절로 따라오듯
성취된다고 말한다.

누구에게나 있는 다이아몬드 밭은 멀리 밖에 있지 않고
자신 가까이 어딘가에 있는데,
그것을 찾으려 하지 않고 멀리 밖에서 구하기 때문에
실패하고 불행해진다는 사실을 말해 준다.

이 책을 읽고 한참이 지난 뒤
마음의 눈이 열리면서 알게 된 사실은
모든 사람의 다이아몬드 밭은 자신의 마음 안에 있으며,
내면에서 그것을 찾을 때 비로소
밖에서도 그것을 현실로 경험하게 된다는 것이었다.

하지만 이 책을 읽을 당시에는
아무리 생각해도 다이아몬드 밭을 발견할 수가 없어
'그냥 책은 책인가 보다.
사람들에게 꿈과 희망을 주려고 쓴 글일 테지.'
하고 생각했었다.

그 당시 마음의 눈이 트이지 않았기에
이 책에서 말하는 다이아몬드가
육체의 눈이 아닌,

의식이 확장되고 열린 마음의 눈으로 보아야
보인다는 사실을 몰랐던 것이다.
그래서 다이아몬드 밭을 찾아내지 못했던 것이다.

이 책을 읽은 지 약 15년의 시간이 흘렀다.
어느 날 마음의 눈이 열리기 시작했고,
드디어 하나둘씩
나만의 다이아몬드가 보이기 시작했다.

마음의 눈이 열리면서 의식이 확장됨에 따라
더 많이 보였고,
이제는 온 우주가 다이아몬드 밭임을 확실히 알기에
가는 곳 어디에서나 다이아몬드를 발견하곤 한다.
또한 자신조차도
하나의 고귀한 우주의 다이아몬드임을 안다.

참으로 희한한 사실은
사람들에게 다이아몬드를 알려 줘도
마음의 눈을 뜨지 못한 사람들은 하나같이
자신의 다이아몬드 밭을 보지 못한다는 것이다.

스스로 자신의 다이아몬드를 보지 못하면
그것을 삶 속에서 발현시켜 가질 수 없게 되므로
아무리 크고 빛나는 다이아몬드라도 별 소용이 없게 된다.

진실로 말하건대,
우리가 사는 이 세상은
온통 아름답고 영롱한 다이아몬드 밭이다.
"눈 뜬 자는 보아라. 귀 열린 자는 들어라."라는
성서의 말처럼
마음의 눈이 트인 자에게만 보이는 다이아몬드 밭인 것이다.

밖을 향해 열려 있던 눈을 내면으로 돌이켜라.
그리고 마음의 눈을 떠라.
깊이 더욱 크게 마음의 눈을 떠라.
그리하면 당신만이 가진
세상에서 가장 크고 영롱한
멋진 다이아몬드 밭을 보게 될 것이다.

초록눈꽃나무

## 삶의 정답은
## 그대 자신이다

대다수 사람들은
이분법적 생각의 틀에 갇혀 있어
항상 '맞다 틀리다'를 생각하고
'옳으냐 그르냐'를 따진다.

마음의 세계는
양극단에 치우친 생각의 틀을 훌쩍 뛰어넘은
통합의 세계이다.
그 곳에서는 옳다 그르다, 맞다 틀리다가 없다.
오직 그대 마음에 따라
모든 선악과 시비가 결정될 뿐이다.

그대 자신이 정답이 될 수도,
오답이 될 수도 있다는 말이다.
가끔 사람들은 나에게
삶의 선택에 있어서 조언을 구한다.
그들은 삶에
절대적인 옳고 그름의 답이 있다고 생각하면서
정작 그들 자신이
삶의 해답이 될 생각은 하지 않는다.

한번은 20대 아가씨가
자신이 결혼을 해야 할지 말아야 할지를 물어왔다.
학벌, 외모, 능력 등이 그런대로 괜찮은 남자가
자신에게 청혼했다고 한다.
그 남자의 장단점과 가정환경 등을 시시콜콜 설명하기에
그런 것을 왜 말하느냐고 물으니,
그런 모든 조건들을 알아야
올바른 판단을 해 줄 것 같아서 말한단다.

그런 모든 조건과 환경에 상관없이
그대가 얼마나 삶의 정답이 되었는지가 중요하다고 했다.

마음의 눈이 많이 열려 있는 사람일수록
옳은 것만 볼 수 있는 능력을 갖추었기에
어떤 선택을 하더라도 그 선택은 옳을 것이다.
삶에서 '옳은 것'이란
아름답고 선하고 감사한 것 등
행복을 주는 것을 말한다.

옳은 것을 볼 수 있는 사람은
그 자신이 삶의 정답이 된 사람이라 할 수 있다.
마음의 눈이 많이 열린 사람일수록
삶 속에서 감사하고
행복한 것들, 옳은 것들만 보게 된다.

마음의 눈이 열린 사람이 결혼을 하게 되면
혼자가 아닌 둘이 되고 식구들도 생겨
외롭지 않다고 좋아할 것이다.
아기를 낳으면 사랑스러운 자식이 생겼음에 기뻐하고,
시부모가 아프면
효도할 수 있는 기회가 생겼음에 감사하며,
남편의 승진이 늦어지면

직장을 잃지 않고 다닐 수 있음에 만족할 것이다.
만약에 결혼하지 않고 혼자 살게 된다면
둘이 아닌 혼자라 자유롭고 편하다고 좋아할 것이다.
챙길 자식이 없고 식구가 없으니
자유롭게 자기만의 삶을 살 수 있다고 만족할 것이다.

그러나 마음의 눈이 열리지 않아
올바르게 보지 못하는 사람이 결혼을 하게 된다면
여러 명의 시댁 식구들 때문에 힘들다고 불평할 것이고
혼자만이 아닌 남편까지 챙겨야 하니 귀찮다고
결혼을 후회할 것이다.
또한 결혼하지 않고 혼자 살게 되면
나만 왜 이렇게 외로우냐고, 힘들다고 불평하면서
결혼한 다른 이들을 부러워할 것이다.

결국 삶의 모든 문제는 이처럼 자기 마음의 문제인 것이다.
삶에서 어떤 선택을 해 정답을 고르려는 시도는
헛된 일이다.

오직 삶을 올바르게 볼 수 있는 마음의 눈이 열려

자기 자신이 정답이 된 사람만이
어떤 선택을 하든 상관없이
그에게 삶은
항상 맞는 답으로 다가온다.
하지만 자신이 올바르지 않은 눈을 가졌다면
어떤 선택을 하든 삶은
항상 틀린 답으로 다가와
실망과 고통을 안겨 줄 뿐이다.

외부의 현실을 보며 정답을 선택하려고
시간을 헛되이 낭비하지 말라.
다 부질없는 짓이니
모든 선택의 갈등을 멈추고 그대 내면으로 들어가라.
내면으로 들어가 마음의 눈을 열고
그대 자신이 진리가 되어라.
그러면 그대는
삶에서 어떤 선택을 하든지 항상 옳을 것이다.

오직 그대 자신만이
그대 삶의 열쇠이자 해답인 것이다.

행복한 꽃밭

## 삶의
## 가장 중요한 비밀

예전에 『시크릿』이라는 책이 유행하던 때가 있었다.
삶의 위대한 비밀들을 밝혔다고 해서 화제가 되었다.
어떻게 하면 삶 속에서 원하는 것을 이룰 수 있는지
방법을 소개하는 책이었다.

마음은 에너지이므로
삶에서 원하는 물건이나 상황을 마음으로 그리면서
실감날 때까지 생생하게 느끼면 이루어진다는 내용이었다.
맞는 말이다.
인간의 마음은 자석과 같은 에너지이므로
그 책에서 말하는 대로 한다면 이루어질 것이다.

하지만 이런 방식으로는 진정 행복한 삶을 이룰 수 없다.
원하는 것을 얻으려고 할 때마다
이처럼 느끼려고 노력한다면
나중에는 아마 그 행위 자체가 스트레스로 다가올 것이다.

그리고 더 중요한 것은
원하는 것을 얻으면 과연 행복해질 것인가 하는 것이다.
나는 내가 무엇을 원하는지, 어떤 것을 얻으면 행복할지
알고 있기나 한 것일까?
나라는 에고는 그렇게 똑똑한 존재가 아니다.
가만히 생각해 보라.
내가 무엇을 하고 무엇을 얻으면
진정 행복할지 알고 있는가를…….

'나'라는 존재는 어처구니없게도 '나'에 대해서는 무지하다.
과거 내가
그토록 원하던 것이 이루어졌을 때를 회상해 보라.
그 기쁨이 그리 오래가지 않았을 것이다.
어떤 때는 행복할 것이라고 생각하고 했던 일들이
오히려 실망만 안겨준 적도 있을 것이다.

복권에 당첨된 사람들 대부분이 얼마 지나지 않아
복권에 당첨되기 이전보다
오히려 더 불행해졌다는 통계 자료가 있다.
복권에 당첨되었을 때
그들은 자신이 원했던 것이 이루어져
이제 더 행복해질 것이라고 믿었을 것이다.
하지만 현실은 내가 생각했던 방향과는 다르게 전개된다.
이처럼 인간은 자신의 한 치 앞도 모르는 존재이다.

내가 원하는 것이 무엇인지를 먼저 알아야 하는데,
그것도 모르는 존재가 무엇을 끌어당긴단 말인가.
자신이 무엇을 원하는지 몰라서 이리저리 방황하며
원한다고 생각했던 것이 왔는데도
정작 만족하지 못하는 것이 대부분 사람들의 삶이다.

진정한 내면의 소망을 알아야 하는데,
그것은 머리의 생각으로는 알 수 없다.
마음을 열어 잠재의식으로 들어가야 한다.
삶이 머리가 아닌 잠재의식이 운용하도록 해야
힘들이지 않고 자신의 진정한 소망을 성취할 수 있다.

잠재의식 가장 깊은 곳에 인간의 근원인 '신성'이 있다.
신성은 '참나'로서
나를 만든 존재이자 우주의 창조자이므로
나에 대해 모든 것을 알고 있다.
나에게 지금 어떤 것이 필요한지,
무엇을 해야 가장 행복할지 등
내면의 욕구를 다 알고 있을 뿐만 아니라
그 모든 소망을 충족시킬 무한한 능력도 있다.

나에 대해 모든 것을 아는 존재이며,
무한 능력자인 신성에게 맡겨야 한다.
그 존재를 신뢰하고 모든 것을 맡겨야 한다.

이렇게 할 때 에고인 나는
할 일이 없어지고 편안하게 쉴 수 있다.
그저 신성이 우주를 통해 나에게 주는 대로
삶 속에서 받아들이기만 하면 되는 것이다.
그것이 가장 완전하고도 행복한 삶이다.

그런 삶을 영위하려면 내 안의 신성이

우주를 창조하고 나를 창조했다는 진실을
믿을 때만이 가능하다.
신성이 삶을 통해 나를 인도하고
무한한 사랑으로 보살피고 있음을 믿어야 한다.
그 믿음이야말로 삶을 행복으로 인도하는 열쇠이다.

신성에 대한 믿음을 갖기 위해서는
자기 내면으로 들어가
마음의 눈을 열고 신성에 다가가야 한다.
마음의 눈이 열릴수록 신성에 가까워진 것이고,
가까워질수록 신성에 대한 믿음도 깊어진다.
마음이 완전히 열리게 되면 신성과 하나가 되는데,
사람들은 이것을 '깨달음'이라고 부른다.

드디어 모든 삶의 비밀을 밝혀내고
우주와 하나 된 것이다.
삶의 가장 중요하고도 큰 비밀은
인간 내면 가장 깊은 곳에
모든 것을 아는 지혜이자 무한한 능력인
신성이 있으며, 그 산성과 인간은 하나라는 사실이다.

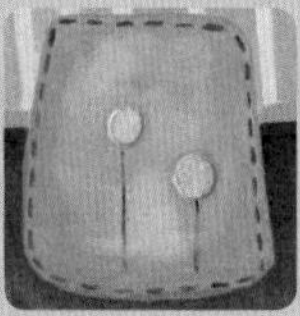

인간은 자기를 아는 만큼 세상을 알게 된다.
자기를 아는 만큼 강해지고 지혜로워진다.

# 인간 2

*Mindfulness*

마음챙김 명상에세이

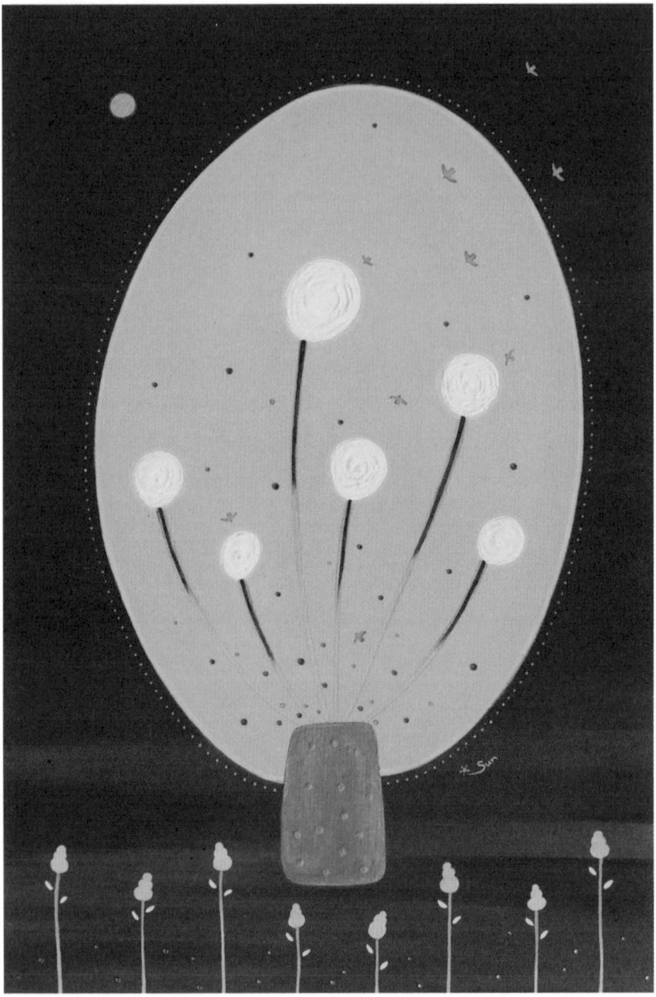

지혜의 나무

## 진실로
## 강한 인간이란?

옛 속담에
"등잔 밑이 어둡다."는 말이 있다.
가까이 있을수록 오히려 잘 알지 못한다는 뜻이다.
사물이나 상황을 정확히 보려면
어느 정도 거리를 두고 떨어져서 보아야
객관적으로 보인다.

물속에 있는 물고기에게
물의 존재를 아무리 말해 봐야 알지 못한다.
너무나 가까이 있어 물과 하나이기에
보지 못하는 것이다.

물 밖으로 빠져 나와
물과의 거리가 생겨야 비로소 보인다.

인간이 자신을 알기 어려운 이유가 여기에 있다.
너무 오랫동안
몸이 나인 줄 알고 살아와서
의식이 몸과 하나가 되어 버렸기 때문에
몸이 떨어져 있는 타인은 객관화가 가능하지만
자기 몸과는 하나이기에 객관화가 잘 되지 않는다.

깨달아서 의식이 확장되어
더 이상 몸에 갇혀 있지 않은 상태라야
자기 모습을 객관적으로 뚜렷이 볼 수 있다.

하지만 동물과 달리 인간은
자신을 돌이켜 볼 수 있는 제3의 눈인
마음의 눈, 즉 영안이 있어서
보려고 노력한다면
점차 자신의 모습을 볼 수 있게 된다.
인간 속에는 수많은 '나'가 있어서

그것을 '에고'라고 한다,
다양한 모습의 '나'가 있어서
순간순간 상황에 따라
이리저리 모습을 바꾸며 살아간다.

상황에 따라
순간순간 바뀌는 수많은 나의 모습을 놓치지 않고
얼마만큼 자신을 객관화해서 볼 수 있느냐가
그 사람의 의식 수준이며,
한 인간의 인격 성숙도를 결정한다.

인간은 자기를 아는 만큼 세상을 알게 된다.
자기를 아는 만큼
강해지고 지혜로워진다.

왜냐하면 마음의 눈으로 객관화해서 본 나의 모습은
바꿀 수가 있기 때문이다.
게으른 나의 모습을 볼 수 있다면
부지런해질 수 있다.
겁쟁이인 나의 모습을 볼 수 있다면

용감해질 수 있다.
나를 안 만큼 나를 바꿀 수 있으니
그만큼 강한 인간,
능력 있는 인간으로 진화한 것이다.

자기 안에 있는 수많은 에고가 다 버려지면
타인 속에서
더 이상 자신의 모습을 발견하지 않게 된다.
그렇게 되면
타인과 공명이 일어나지 않아 부딪힘이 없어지고,
마음의 모든 걸림이나 동요가 사라지게 된다.
자기를 완전히 안 자,
그는 실로 막강한 능력의 인간이 된 것이다.

이제 그는 드디어
수많은 현상을 나투어 내는 마음의 세계를 벗어나서
근원의 세계로 돌아온 것이다.
내면의 가짜인 에고를 버리고
'참나'인 본성을 회복한 것이다.
그는 이제 자신의 본성을 회복한 참인간이 되어

진실하고 선하고 아름다운 삶을 살게 된다.

그는 진실로 강한 인간이 된 것이다.
이것을 세상 사람들은
'깨달음'이라고 부른다.

우주를 품은 꽃

## 완전한 인간

이 세상 어느 누구도
자신을 완전하다고 말하지 않는다.
아무리 출세하고 재력이 있고 외모가 출중하다 해도
스스로를 완전하다고 생각하지 않는다.
사람들은 자신을 불완전하다고 생각하기 때문에
더 완전해져서
사랑받고 인정받기 위해 끊임없는 노력을 경주한다.

더 나은 자기를 만들기 위해
자기 자신을 들들 볶아서 힘들게 하고
스트레스 받게 하며,
그것도 모자라

배우자 · 자식 등 주위 사람들까지도 채찍질하며
불완전함을 완전함으로 바꾸려고 노력한다.

자기가 완전함을 모르기에 하는 짓이다.
이 세상 모든 것이 있는 그대로 완전하기에,
무언가 부족하여
채우고 바꾸어야 할 것이 있다는 에고의 생각은
착각에 불과하다.

에고의 눈으로 볼 때 인간은 불완전하다.
그 까닭은
인간을 육체와 동일시하기 때문이다.
나타난 육체는 현상에 불과하고
인간의 진짜 본질은 보이지 않는 '의식'이다.

의식은 시공을 초월하며,
우주 삼라만상을 나타낸 근원 에너지로서
전체성이며 완전성이다.
그래서 마음의 눈으로 본 의식 차원의 인간은
그 본질로서 완전한 것이다.

인간 내면의 가장 깊은 곳에는
그 본질인 근원 에너지 '본성'이 존재한다.
인간 내면의 본성은
어떤 것으로도 훼손되지 않으며,
줄거나 늘거나 없어지지 않고 무한하며 영원하다.
인간이 아무리 나쁜 짓을 하고 모욕을 받는 등
어떠한 경험을 한다 해도
본성은 변함이 없다.

예전에 미국의 한 TV 토크쇼에 나온 연사가
손에 든 100달러짜리 지폐를 관중에게 들어 보이며 물었다.
이 100달러를 갖겠느냐고.
그러자 모든 관중이 "예스"라고 대답했다.
뒤이어 연사가 100달러짜리 지폐를 손으로 구긴 후,
그 100달러를 들어 보이며 또 갖겠느냐고 물었다.
관중들은 일제히 "예스"라고 대답했다.
그러자 이번에는 바닥에 던져서 발로 밟은 후
다시 갖겠느냐고 물었다.
또다시 관중이 "예스"라고 했고,
연사는 침을 뱉는 등 온갖 행동을 하고는 관중에게 또 물었다.

그때마다 관중의 대답은 “예스”였다.
연사가 관중에게 말하길,
여러분은 이 100달러짜리 지폐와 같아서
삶 속에서 어떤 일을 겪든,
그래서 지금의 위치가 얼마나 초라하든 간에
그와는 아무 상관없이
본질적으로 여러분의 가치는 여전하다고 말했다.

삶 속에서의 경험과
현재 그의 신분과 지위에 상관없이
인간 본질인 내면의 신성은 변하지 않음을 말하는 것이다.
그러므로
아무리 비천한 인간일지라도
아무리 사악한 인간일지라도
내면에 신성이 있어 완전하다.
다만 자기 안의 신성을 자각하지 못한 것뿐이다.

그대가 내면으로 들어가 신성과 하나 될 때
자신의 완전함을 자각하게 될 것이고,
그제서야 비로소

완전해지려는 헛된 노력을 멈추게 될 것이다.
그때 그대는
완전한 자, 스스로 존재하는 자,
존엄하고 위대한 만물의 영장인
참인간으로 거듭날 것이다.

파란 장미의 축복

# 카리스마

‘카리스마’라는 표현을 들어본 적이 있을 것이다.
인간이 하는 모든 것에는 카리스마가 있어야 한다.
‘카리스마’란, 인간 내면의 신성이 뿜어내는 빛이기에
내면의 신성에 가까이 다가간 인간에게서 나온다.

인간에게는 동물성과 신성이 같이 존재한다.
육체로 본 인간은 동물이지만
의식으로 본 인간은 신성이다.
의식 수준에 따라 육체인 동물성에 가까운 사람도 있고,
신성인 본성에 더 가까운 사람도 있다.

인간의 어떤 행위에 카리스마가 없다면

동물의 수준인 육체가 하는 것이다.
인간 내면의 신성인 의식이 한다면
아무리 사소한 일이나 행위일지라도
카리스마가 나올 것이다.
카리스마는
존재 자체에서 풍겨 나오는 당당함과 품격으로,
우월감이나 지배욕과는 다른 차원의 의식이다.
우월감이나 지배욕은 동물적 차원의 욕망이고,
카리스마는 상대의 위에서 지배하려는 마음이 아닌
자신의 존재를 믿는 흔들리지 않는 마음이다.

인간이 자신을 믿을 수 있을 때
내면의 평정심이 외부로 표출되어
당당하고, 매력적인 위엄으로 나타나게 된다.
마음이 정서적으로 안정되어 있을수록
부드럽고 강인한 카리스마가 풍겨 나온다.

한 인간을 평가할 때
육체인 외형적 모습과 함께 정신인 영혼도 같이 본다.
눈으로 보이지는 않지만

누구나 느낄 수 있는 것이 정신이다.

살인범, 선생님, 가정주부, 학생 등을 볼 때
느낌은 각각 다를 것이다.
사람은 그가 주로 했던 생각들,
말, 감정, 행동 등의 총합인 그의 정신이
외부로 표현되어 모습에 나타나게 되어 있다.
자신이 어떤 존재인지 숨길 수 없는 것이다.

정신이 맑고 밝고 강인하며,
감정적인 흔들림이 없고 안정되었다면
그에게서는 카리스마가 느껴질 것이다.
사람들은 그를 좋아하고 따를 것이다.
그에게서는 매력과 안정감이 느껴지기 때문이다.

어떤 분야에서 최고의 경지에 오르려면
내면의 힘인 카리스마 없이 불가능하다.
한 분야에서 오랫동안
스스로를 연마하고 단련하여 거장의 경지에 오르면
카리스마가 생긴다.

그 경지에 올랐기 때문에 카리스마가 생긴 것이 아니라
자신을 연마하고 단련시키면서
강인하고 안정된 의식의 힘인 카리스마가 생겼기에
거장이 된 것이다.

원초적인 야생의 인간은 원래 카리스마가 있었다.
인간의 문명사회가 발달하면서
여러 가지 관습과 제도,
법이라는 마음의 굴레에 갇히게 되면서
인간은 내면 깊은 곳에 있는 신성으로부터 멀어져
그의 빛인 카리스마를 잃어버린 것이다.

예전에 TV에서
동물원 우리에 갇혀 자란 길들여진 호랑이를 보았다.
그 호랑이는 늘
사육사에 의해 죽은 고기만 먹고 키워져서
사냥할 줄 몰랐기에
우리 안으로 사냥개가 들어와 짖어 대자
자신이 동물의 왕인 호랑이라는 것을 잃어버린 듯
구석에 들어가 떨고 있었다.
참으로 겁에 질린 초라한 동물의 왕이었다.

자신이 누구인지 모르는 호랑이는
사냥개한테조차 벌벌 떠는 모습일 수밖에 없다.

현대인이 이와 같다.
물질문명에 갇혀 물질이 주는 편리함과 쾌락에 빠져서
자기 내면의 강인함을 잃어버린 것이다.
만물의 영장인 인간이 자신의 본분을 망각하고
물질과 생각의 노예가 되어 버린 것이다.

육체의 힘은 근육을 기르는 운동을 해서 키울 수 있다.
의식의 힘인 카리스마를 되찾는 방법은
내면으로 들어가 본성과 하나 되는 길뿐이다.
본연의 자기가 누구인지 알아야 한다.
자기를 안 만큼 믿을 수 있고,
믿는 만큼 카리스마가 나온다.

그대가 누구인가?
그대의 본질은 육체가 아닌 의식이다.
우주의 창조자이며 불멸의 불사조이다.
한 생각으로 우주를 창조하는 자,
그대는 위대하고 존엄한 만물의 영장이다.

행복한 설렘

# 꿈꿀 수 있는 인간의 조건

만물의 영장인 인간이 가진 특권 중 하나가
꿈과 희망을 품는 것이다.
꿈과 희망을 품으려면 상상력이 필요하다.
상상력은 현실 상황과 지금의 내 모습을 보지 않고
아직 실현되지 않은,
장래에 내가 원하는 모습과 상황을 그리는 것이기에
육체의 눈이 아닌 마음의 눈으로 보아야 한다.

상상력은 동물 중 가장 지능이 높고 진화된
인간만이 가진 의식의 능력이다.
동물들은 의식보다는 육체가 더 발달한 존재이므로

육체의 눈만 존재하고
마음의 눈인 영안이 없어
상상할 수 있는 의식의 능력이 없다.
따라서 꿈을 꿀 수 있는 능력도 없다.

상상력은 인간의 고유한 능력이기에
인간만이 꿈꿀 수 있는 특권이 있다.
특히 인간 중에서도 의식이 발달한 사람일수록
꿈을 품을 수 있는 능력이 크다.

많은 사람들이 꿈과 욕심을 헷갈려 한다.
꿈은 꾸면 꿀수록
마음이 행복하고 희망에 부풀며
삶이 신나게 느껴진다.
욕심은 생각하면 할수록
이루어지지 않으면 어쩌지 하는 두려움이 올라오고
꼭 이루어져야 한다는 집착이 생겨
마음이 불편하고 괴롭다.

꿈은 내 자신이 세상을 향해

무엇을 줄 것인가에 초점이 맞추어지는 반면에,
욕심은 내가 세상으로부터
무엇을 얻을 것인가에 초점이 맞추어진다.

꿈은 그것을 이루기 위해서는
아무리 고생스러운 과정이라도
기꺼이 즐기면서 극복하려 할 것이고,
욕심은 그것을 가지기 위한 과정은 생략하고
가능한 한 쉽게 얻으려고 할 것이다.

꿈이 이루어지면
세상과 나는 모두 행복해지지만
욕심이 이루어지면
세상과 나, 아무도 행복해지지 않는다.

예를 들면,
훌륭한 과학자가 되어
인류에 크게 도움이 되고 싶다는 것은 '꿈'이다.
그 꿈을 꾸면
미래의 내 모습을 생각만 해도 행복하고

아무리 힘든 공부와 노력도
기꺼이 기쁜 마음으로 할 것이며,
그 과정조차 내 꿈을 위한 과정이니
행복하다고 느낄 것이다.
그 꿈이 이루어지면 나도 행복하지만
세상에도 크게 기여하게 되고,
많은 사람들이 내 노력의 결과를 통해
삶의 질이 향상될 것이며,
그만큼 내게는 돈도 저절로 오게 되니
나는 풍요로운 삶을 살게 된다.

하지만 무작정 돈을 100억 벌고 싶다는 마음은
꿈이라기보다는 '욕심'이다.
돈 100억을 생각하면서
못 벌면 어떡하지 하는 두려움과 함께
꼭 벌고 싶다는 욕심 때문에
마음이 괴로울 것이며,
돈 버는 과정은 가능한 한 생략하고 싶어서
더 빨리 더 쉽게
돈 벌 궁리를 하게 될 것이다.

그러한 꿈은 이루어져도
세상에 도움이 될 것이 별로 없고
나에게는 잠시의 만족과 쾌락이 있을 뿐
돈을 잘 관리하고 유지해야 한다는 부담 때문에
다시 괴로움에 빠지게 될 것이다.

의식 수준이 높은 사람은 꿈을 꿀 것이고
의식 수준이 낮은 사람일수록 욕심을 가질 것이다.
꿈을 통해 얻는 것은 마음의 행복이고,
욕심으로 얻는 것은 결국 고통이다.

많은 사람들이
저급한 욕망에 빠져 동물적 쾌락만을 추구하느라
마음으로 진실되고 순수한 참행복을 못 느끼고 산다.
쾌락은 결코 참행복이 아니다.
인간이 맛있는 음식을 먹고 느끼는 행복은
엄밀히 말하면
맛있는 먹이를 먹고 느끼는 강아지의 행복과 같은 것이다.
강아지도 맛있는 먹이를 주면 꼬리를 흔들고 좋아한다.
동물이라면 누구나 느끼는 육체적 만족인 쾌락인 것이다.

더 깊고 고상한 행복은
육체의 수준이 아닌 의식의 수준이 높은
마음의 행복이어야 한다.
인간의 자유와 존엄성을 위해
노예해방을 실현할 당시 링컨의 행복을,
모짜르트가 음악을 작곡할 때의 행복을,
아름다운 음악을 들을 때 느껴지는 감동과 전율을,
가슴을 울리는 영화나 연극을 볼 때의 감동과 행복을
동물들은 결코 느낄 수 없다.
오직 인간만이 느낀다.

인간도 마음의 눈이 열린 정도에 따라
의식 수준이 다 다르므로
그에 비례하는 깊이와 크기만큼의 행복을 느끼게 된다.

인간은 누구나
육체적 동물성과 의식인 신성,
이 두 가지 양면성을 모두 지니고 있다.
육체의 눈을 통해 사물을 바라보던 습관을 돌이켜서
마음의 눈을 통해 만물의 진면목을 깨닫게 되면

점차 동물성에서 신성으로의 의식이 진화하게 된다.

마음의 눈이 열려 의식이 진화된 사람일수록
더 크고 아름다운 꿈을 꿀 것이고,
삶은 꿈을 실현해 가는 행복한 과정이 될 것이다.

행복은 어디에서 오는가?
마음을 열어 소통하고 공감하는,
바로 그것이 행복이다.

# 행복 3

*Mindfulness*

마음챙김 · 명상에세이

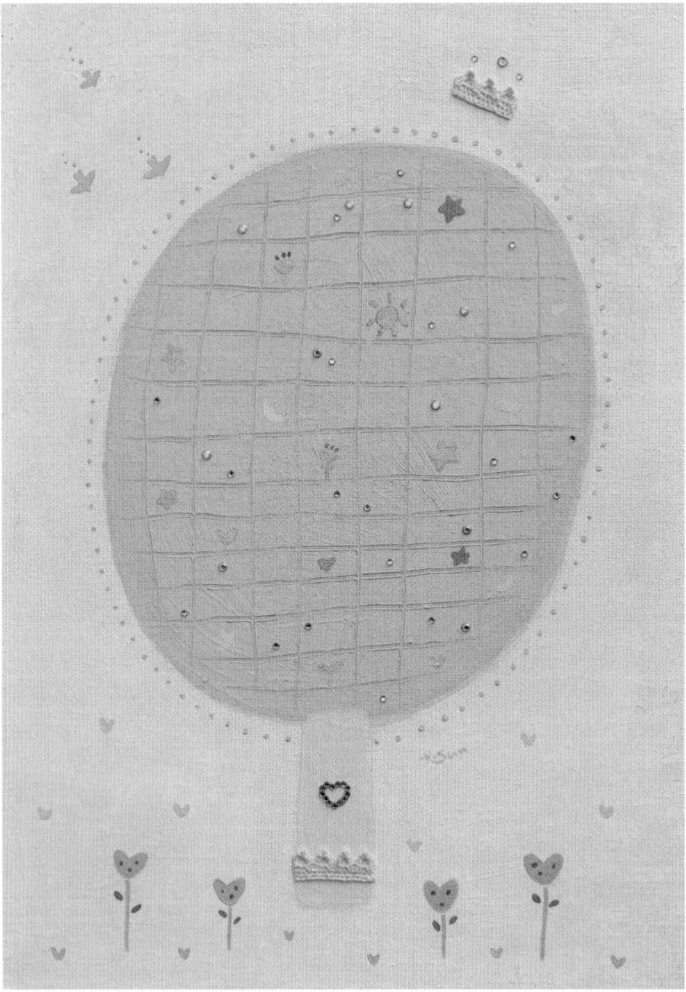

행복한 나무

## 행복할 수 있는
## 능력

인간이 무엇인가를 누리려면
그에 합당한 능력이 필요하다.
선생님이 되려면 가르칠 수 있는 능력이,
엄마가 되려면
아이를 물질적 정신적으로 보살펴 줄 수 있는 능력이,
대통령이 되려면 국민의 지지를 얻고
정치를 통해 나라를 잘 이끌어갈 수 있는 능력이
각각 필요하다.

이와 마찬가지로
행복도 능력이 필요하다.

행복을 느낄 수 있는 능력,
이 능력이 계발되어야 행복을 잘 느낄 수 있다.

흔히들 행복은
소유의 문제이지 배워야 할 능력이라고 생각하지 않는다.
재산을 많이 소유하고, 좋은 배우자가 있고,
자식들이 있고, 돈이든 사람이든 명예든
자기 것이 많을수록 행복해진다고 생각한다.
하지만 아무리 많은 것을 소유해도
행복을 느낄 수 있는 능력이 없다면
행복은 남의 나라 일일 뿐이다.

특히 요즘처럼 머리공부에 치우쳐서
지성만 발달하고 몸의 감각과 감성이 둔화되어 무뎌진
현대인들로서는
행복을 느끼면서 살기란 어려운 일이다.

행복을 못 느끼고 아무 감흥 없이 살다 보면
자신이 문제가 있긴 한데
무엇이 문제인지 알지를 못하고,

심지어는 인생이란 원래 이런 거라면서
체념하고 사는 사람들도 있다.

대부분은
행복할 조건이 안 되어
행복을 못 느낀다고 생각한다.
하지만 행복은 머리가 아닌 가슴으로 느끼는 것이기에
조건이 아닌 몸과 마음의 감각과 감성을 계발하여
마음의 눈이 열릴수록 더 잘 느낄 수 있게 된다.

인류가 머리공부를 통해
지식을 숭상하고 생각을 주로 사용한 결과
지금의 물질문명이 만들어졌다.
최첨단 과학으로
편리한 여러 가지 물건과 생활 시스템이 개발되어
과거에 비해 물질적으로는 엄청나게 풍요로워졌지만
현대인은 과거보다 오히려 더 불행해졌다.

너무 물질과 생각만을 숭배한 나머지
머리공부에만 치우쳐

행복을 느끼는 능력 계발인
마음공부를 하지 않았기 때문이다.
이제 많은 현대인들이 물질만으로는
더 이상 행복할 수 없다는 것을 알아가고 있다.

생각에 의한 지식과 정보를 습득하던 인간의 역할은
앞으로 컴퓨터가 대신하게 될 것이고,
인간은 컴퓨터가 하지 못하는 기능인
감성과 감각을 계발하여
행복한 삶을 영위하는
창조적이고 예술적인 인간으로 거듭나게 될 것이다.

인간은 태어나면서
이미 행복할 수 있는 조건을 모두 부여 받았다.
원한다면 언제 어디서든 어떤 상황에서든
기쁨과 행복을 즉시 느낄 수 있어야 하는 것이다.
그렇지 못하다면
마음에 병이 든 줄 알아야 한다.
행복을 느끼는 마음의 능력이 고장 나 있음을 알고
마음을 치유해야 한다.

"나는 팔이 없는 장애인이라 불행합니다." 하는 그대여,
다리가 있음에 행복을 느끼면 된다.
"나는 가난해서 불행합니다." 하는 그대여,
가난해도 음식 살 만큼의 돈은 있어서,
살아 있음에 행복을 느끼면 된다.
"나는 부모에게 버림받고 고아라서
불행합니다." 하는 그대여,
버린 부모라 할지라도
이 몸을 낳아 주어 세상에 존재할 수 있음에,
고아원에서 밥을 먹을 수 있었음에,
부모가 있는 사람과
똑같은 햇살과 공기와 물을 누리고 있음에,
기타 셀 수 없이 많은 가진 것들을 생각하며
행복을 느끼면 된다.

왜 사람들은
가지지 않은 것만을 생각하면서
불행해하는 것일까?
가진 것을 생각하며 행복해하면 될 것을 말이다.
그래서 행복이 능력이라는 것이다.

행복을 느낄 수 있는 능력이 계발되지 않아서
육체의 눈으로만 세상을 보는 머리형 인간들은
불평불만하고 안 좋은 불행만 찾아내는
귀신 같은 능력을 지녔다.
그들은 자기 스스로 불행을 만들어 힘들어하고 있음을
꿈에도 모른다.

몸과 마음의 감각과 감성을 활짝 열어젖혀
마음의 눈이 열린 가슴형 인간만이
삶 속의 행복이라는
수많은 다이아몬드를 볼 수 있는 능력이 있어
항상 행복을 만들어 내고 즐길 수 있다.

행복과 불행은 관점의 차이일 뿐이다.
예를 들어 머리형 인간인 경우,
돈이 한 푼도 없어 물밖에 마시지 못할 때
누구는 커피를 마시는데
나는 커피 한 잔 마실 수 없다고
신세 한탄을 하면서 절망할 것이다.
다행히 몇 백 원이 생겨서

자판기 커피라도 마실 수 있게 되면
그는 또 자조 섞인 말로 푸념하며
누구는 몇 천 원짜리 고급커피를 마시는데
나는 싸구려나 마신다고 불평을 늘어놓을 것이다.
만약에 몇 천 원이 생긴다면 그는 과연 만족할까?
천만에!
만족이 있다면 그는 머리형 인간이 아니다.
그는 몇 천 원짜리 커피가 이렇게 맛이 없다면서
커피 파는 이들은 모두 도둑놈이라고 욕을 하며
세상을 원망할 것이다.

반대로 가슴형 인간의 경우,
돈이 한 푼도 없어 물을 마시게 되면
역시 커피보다는 물이 몸에 좋은 것이라고 할 것이다.
몇 백 원이 생기면 자판기 커피를 마시면서
커피도 마실 수 있으니
나는 행복한 사람이라고 할 것이고,
몇 천 원짜리 커피를 마시면
커피 향과 맛에 감탄하면서
이 세상은 참 살 만한 곳이라고 행복해할 것이다.

행복할 수 있는 능력은
머리의 노력으로 되는 것이 아니다.
마음공부를 통해서 마음을 열어
감성의 눈인 마음의 눈이 열려야 하는 것이다.

제2차 세계대전 당시
나치 수용소에 포로로 잡혀 있다가 탈출한
독일인 의사가 쓴 수용소에서의 일기를 읽은 적이 있다.
그가 있던 포로수용소는 높은 담으로 둘러싸여 있고,
그 위에는 철조망으로 덮여 있었다고 한다.
어느 날, 작업을 하러 나왔다가
철조망이 쳐진 높은 담 너머의 하늘을 보며
'나도 이 곳을 벗어나
행복하게 살 수 있는 날이 올까?' 하고 생각하는데,
그때 철조망 사이에 피어 있는
한 송이 장미꽃을 보았다고 한다.
장미를 보면서 너무 아름다워서 눈물이 났고,
포로 신세지만 아름답게 핀 장미도 볼 수 있으니
참 행복하다는 마음이 올라오면서 희망이 생겼다고 한다.
그 희망이 포로수용소에서 자신을 탈출시켰고,

지금의 행복을 만들었노라고 그는 고백하고 있었다.

포로로 갇혀 언제 죽을지 모르는 상황에서도
장미 한 송이를 보고
행복을 느낄 수 있는 능력,
그 마음이 너무 아름다워서
감동적으로 읽은 기억이 있다.
가슴형 인간은
현실이 아무리 진흙탕이라도
희망을 잃지 않고 행복을 찾아낸다.

언제 어디에서 어떤 상황이든지 행복할 수 있는 능력은
인간에게 있어
가장 아름답고 위대한 능력임을 알아야 한다.
아주 작고 소박한 것에서 행복을 느낄 수 있다면
그대는 진정 비범하고 위대한 인간인 것이다.

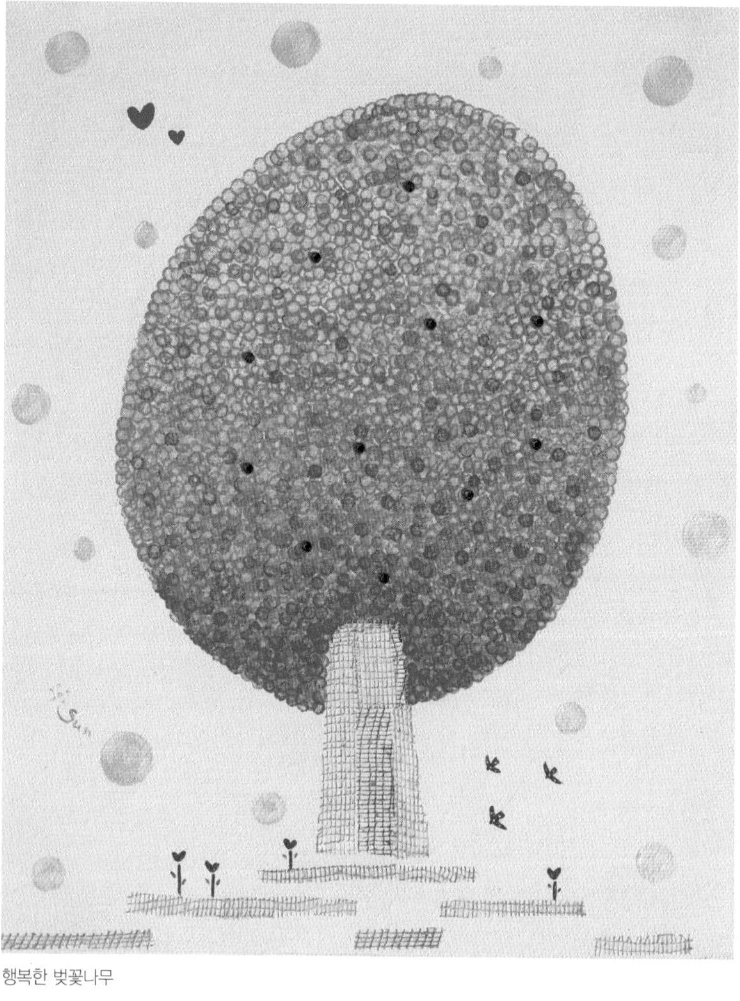

행복한 벚꽃나무

## 진정한 행복

누구나 한 번쯤은
"내가 지금 행복한가?" 하고
생각해 본 적이 있을 것이다.

이렇게 생각하면 행복한 것 같기도 하고
저렇게 생각하면 행복하지 않은 것 같기도 하고,
갈등하다가
'어차피 내가 바꿀 수 있는 것도 아니니까
지금 현재에 만족해야지 더 바란들 무엇하리.' 하면서
대충 행복하다는 결론으로
스스로를 위안하며 끝맺음을 하는 그대여,
그대는 진정 행복이 무엇인지 모르고 있다.

지금 그렇게 행복을 따지고 있다는 것이
이미 그대가 행복을 모른다는 증거이다.
행복을 모르는데 어떻게 행복할 수 있겠는가?

행복은
머리를 굴려서 요것조것 따져 조건에 따라
또는 덧셈과 뺄셈의 손익 계산에 따라
정해지는 것이 아니다.

조건이 좋으면 행복한 것이고,
이익을 보면 행복하다는 것은
행복하다고 생각하는 것일 뿐,
진정한 행복이 아니다.

행복은 머리가 아닌 가슴으로 느끼는 것이다.
마음이 열려서
사람, 동물, 식물, 광물 등 어떤 것일지라도
그 존재와 마음의 소통이 일어나 공감과 이해가 될 때,
온몸의 세포가 진동하면서 느껴지는 감동과 환희가
행복이다.

살면서 한 번도 감동과 환희에 차서 울어보지 못했다면
그대는 아직 행복을 알지 못하는 사람이다.

행복한 조건을 만들려고 밖에서 노력하는 그대여,
진정한 행복을 얻으려면 외부로 가서는 안 된다.
외부인 현실에서는
행복의 조건이 되는 돈, 권력, 명예 등
행복의 상징물만 얻을 수 있을 뿐이다.

그대 내면으로 들어가서 마음을 열어라.
그 곳에 본질인 진짜 행복이 있다.
마음이 열린 만큼 그대는 행복해질 것이다.

사람들은 서로 마음이 단절되어 있어
소통의 부재로 인해
부모를 미워하고, 부부끼리 싸우고, 자식에게 화를 낸다.
직장에서는 상사와 부하가, 정치계에서는 여당과 야당이
마음의 소통이 안 되어 늘 싸움박질하고 있다.
세상 곳곳에서
소통의 부재로 인한 싸움이 끊이질 않고 있다.

그렇게 싸우면서도
돈 벌고 출세하고 잘 살겠다고,
그래서 행복해질 것이라고 죽을 힘을 다해 노력한다.
행복을 위해 이렇게 노력하는데,
왜 행복하지 않느냐고 푸념을 한다.

참으로 코미디가 따로 없다.
자기 행동이 초점에서 빗나간 줄을 전혀 모르고 있다.
행복은 어디에서 오는가.
마음을 열어 소통하고 공감하는,
바로 그것이 행복이다.
마음이 닫혀 불통이 되고 화가 나면
바로 그것이 불행인 것이다.
아무리 돈 벌고 출세해도
주위 사람들과 마음의 소통을 하지 못한다면
행복은 없다.

어떻게 부모를 미워하는 마음을 품고서,
배우자를 증오하면서,
누군가를 원망하면서 행복하기를 바라는가!

그것은 마치
가슴에 가시를 품고서 편안하기를 바라는 것과 같다.
움직일 때마다
그 가시에 찔려 상처가 생기고 피가 흐를 것이다.
가시를 빼내야 근원적인 치유가 일어난다.
마음에 상처를 입히고 고통을 주는
그 독한 마음들을 버려야
비로소 마음의 평안과 기쁨이 생겨나 행복할 수 있다.

무뚝뚝한 경상도 남자 한 분이
마음공부를 하러 온 적이 있다.
수행을 통해 이분의 닫혀 있던 마음이 열렸다.
그 후에 어머니와 전화 통화를 했다고 한다.
예전 같으면
안부 인사 몇 마디 묻고는 전화를 끊었을 텐데
마음이 열리니, 어머니의 목소리에서
시골에 혼자 사는 노인의 진한 외로움이 느껴졌다고,
그래서 태어나 처음으로 어머니에게 사랑한다고,
다시 태어나도 어머니의 아들로 태어나고 싶다고,
낳아 주시고 길러 주셔서 감사하다고,

어머니의 아들인 게 자랑스럽다고 말했다고 한다.
전화기 너머에서 한동안 침묵이 흐르다가 들려온 소리는
어머니의 흐느끼는 소리,
그 울음소리를 듣는 순간
자기도 모르게 가슴이 울컥해 같이 엉엉 울었다고 했다.
어머니가 그때
“내가 산 세월 동안
가장 행복한 순간이 지금”이라고 말했다면서
자기도 그 순간의 감동과 행복은
말로 표현할 수 없었다고 했다.
이것이 마음의 소통이고 진정한 행복이다.

마음이 열리면
새로운 부모, 자식, 형제
그리고 새로운 세상을 만나게 된다.
그들은 더 이상
예전의 부모, 자식, 형제가 아닌
전혀 다른 감동과 사랑의 대상으로 다가오며
그들과 마음의 소통으로 인해
이전과 다른 세상,

진정으로 행복한 사랑의 세상에 살게 된다.

더 깊이 내면으로 들어가
세상의 모든 존재들과
마음으로 소통하고 이해하면 할수록
그대의 에고는 사라져 갈 것이다.

완전히 마음이 열려서
자아가 사라지고 우주와 하나 될 때,
그때
그대는 영원하고
무한한 행복으로 존재하게 될 것이다.

있는 그대로 받아들이는 사랑,
상대를 바꾸려고 하지 않는 사랑,
상대를 이해하고 공감하며 곁에 있어 주는 사랑,
그 사랑은 머리의 판단과 분별이 끊어져야 나온다.

# 사랑 *4*

*Mindfulness*

마음챙김 명상에세이

영원한 사랑

## 연애감정

누구라도
어느 순간 갑자기 불쑥 일어나는 연애감정을
한 번쯤은 경험해 본 적이 있을 것이다.
젊을 때는 이런 감정들이 즐겁고 유쾌한 오락이며,
연애는 청춘의 특권이라 할 정도로
누구나 긍정적으로 기꺼이 받아들인다.

하지만 정도가 지나쳐서
항상 연애감정에 빠져서 살게 된다면
삶이 주는 다양한 경험들을 하지 못할 것이다.
또한 이미 결혼한 기혼자들이
자신의 배우자가 아닌 다른 사람을 통해서

연애감정을 느끼게 된다면
(물론 잠시 잠깐이라면 상관없겠지만)
가정생활에 종지부를 찍게 되거나
배우자와의 불화는 피할 수 없을 것이다.

그러면 이런 연애감정은 왜 생기는 것일까?
인간은 태어나면서부터 누구나
원초적인 그리움을 가지고 태어난다.
그것은 내면의 '참나'인 본성을 향한 그리움인 것이다.
'참나'인 본성은 무극 상태로, 완전한 사랑이다.
그 완전성으로부터 파동하는 에너지인
불완전한 상태의 에고가 생겨난다.
에고가 생겨남과 동시에 본성과 분리되면서
에고는 그 사랑을 더 이상 받지 못하게 된다.

에고에게 본성은 '참부모'이자 '고향'과 같은 것인데
그 본성과 분리되니,
항상 그 완전한 사랑의 품을 그리워하게 되는 것이다.
부모와 헤어진 아이가 부모를 그리워하듯이,
타향살이하는 사람들이 고향을 그리워하듯이,

항상 가슴속에 아련한 그리움을 갖고 산다.

에고가 태어나 육체의 부모에게 사랑을 받고 자라지만
육체의 부모는 불완전한 인간이므로
신성인 본성이 주는 완전한 사랑을 줄 수는 없다.
그래서 에고는 사랑에 목마르게 되고
애정 결핍증 환자가 될 수밖에 없다.

에고가 태어나 처음 만난 이성이 아빠 엄마인데,
머리로는 아빠 엄마이지만
분별심이 없는 잠재의식에서는
남자 여자로 인식된다.

어린 시절,
처음 만난 이성인 아빠에게 사랑받고 자란 딸은
사랑이 충족된 만큼 여자로서의 자존감도 높고
남자들에게 쉽게 연애감정을 일으키지 않는다.
하지만 아빠에게 사랑받지 못한 딸은
그 사랑을 세상 남자들에게서 충족하려 든다.
그녀에게 있어서 세상의 남자들은

잠재의식에서 볼 때 모두 아빠인 것이다.
그래서 아무 남자에게나 쉽게 연애감정이 일어나고
여자로서 자존감이 낮아
이성의 유혹에 잘 넘어간다.

남자의 경우도 마찬가지이다.
엄마에게 사랑받고 자란 아들은
남자로서의 자존감이 높아서
함부로 아무 여자나 사귀지 않는다.
그러나 엄마의 사랑을 못 받고 자란 남자일수록
엄마에게서 못 받은 사랑을
엄마로 투사된
세상의 모든 여자들에게서 구하게 될 것이기에
한 여자에게 만족 못 하는 바람둥이가 될 확률이 높다.

모든 사람들은 크든 작든 애정 결핍이 있다.
정자와 난자가 만나서 수정란으로 착상하는 그 순간부터
태아의 사랑에 대한 갈구는 시작되기 때문이다.
본성이 만든 에고는 본성과 분리되는 순간부터
본성의 완전한 사랑을 갈구하기 시작한다.

그런데 육체의 부모는 불완전하기 때문에
완전한 사랑을 줄 수도 없거니와
태아가 의식체이고 사랑을 갈구한다는 사실조차 모르기에
에고는 더욱더 애정을 갈구하는 상태가 되어간다.

태아 때와 자라면서
사랑을 받지 못해 애정 결핍 상태가 심해질수록
타인에게 사랑받고 인정받으려는 욕구는 더 심해지고
한 번 받은 사랑과 관심은 놓치지 않으려고
사랑에 대한 집착도 심해진다.

애정 결핍 에고가 본성의 사랑을 향한 그리움을
현실의 이성을 통해 표출한 것이 연애감정이다.
따라서 애정 결핍이 심할수록
삶에서 더 빈번하게 연애감정을 느끼게 된다.
또한 집착도 심해서 의처증이나 의부증 모두
오직 자신에게만 관심을 가져 달라는
심한 애정 결핍의 한 증상인 것이다.

에고는 진짜로 상대를 사랑하는 것이라고 착각하지만

실은 상대가 누가 되었든 그것이 중요한 것이 아니라
내면의 사랑을 갈구하는 마음을 충족시켜 줄 사람이라면
아무라도 괜찮은 것이다.

그런데 문제는
에고가 타인으로부터 사랑을 받아서
애정 결핍증이 치유될 수는 없다는 것이다.
아무리 타인의 사랑을 많이 받아도
그 사랑받고 싶은 마음은 사라지지 않는다.
왜냐하면
에고의 애정 결핍은 본성을 향한 근원적인 그리움이기에
본성과 하나 되기 이전에는
세상의 그 어떤 인간도 충족시켜 줄 수 없기 때문이다.

세상에 사랑을 속삭이는 커플들은 모두 상대방을 통해
사랑의 근원이자 참부모이며 영원한 '님'인 본성을
투사하고 있는 것이라 할 수 있다.

인간의 사랑은 불완전한 것이기에
본성이 투사된 이성에게 완전한 사랑을 기대한 그들은
당연히 실망할 수밖에 없다.

그리움, 외로움, 허전함, 연애감정 등으로 느껴지는
이성을 향해 사랑을 갈구하는 마음은
인간 내면 근원의 사랑을 갈구하는 마음이 나타난 것으로,
밖에서는 절대 채워지지 않는다.

오직 내면으로 들어가 근원의 사랑인 본성을 만날 때,
그대만을 늘 사랑해 주는 진짜 님인 본성을 만날 때,
에고의 모든 사랑에 대한 갈구는 사라지고
안식을 얻게 된다.

본성은 그대의 진짜 '님'이다.
언제 어디서나 늘 그대 곁에 존재하며
오직 그대만을 보는 '님',
맑고 곱고 순수하며 아름답기 그지없는 '님',
불평불만이 전혀 없고 늘 고요하지만
항상 그대만을 사랑하는 '님'이다.

사랑의 태양으로 환하게 빛나고 있는
내면의 영원하고 무한한 진짜 '님'을 찾을 때,
그대의 사랑을 향한 모든 욕망과 갈등은 끝이 난다.
드디어 완전한 사랑을 찾았기 때문이다.

좋은 날

## 불멸의 사랑

진정한 사랑은 불멸의 사랑이다.
영원하고 무한하여 변치 않고 없어지지 않는다.

아무리 퍼내도 마르지 않는 샘물처럼
끊임없이 샘솟는다.
어떤 시비분별도 없는 무조건적인 사랑이다.
대가를 바라지 않는 무위의 사랑이다.
주는 줄도 모르고
받는 줄도 모르는 사랑이다.

'정말 그런 사랑이 있을까?' 하는 그대여,
그대의 근원이 바로 불멸의 사랑이다.

그대 마음을 열고 내면으로 들어가라.
그 곳에
위대하고 존엄한 불멸의 사랑이 있다.

이 우주와 삼라만상은
바로 그 사랑에서 나왔다.
만물은 사랑에서 태어나 사랑으로 돌아간다.

사람들은 에고의 집착을 사랑이라고 생각한다.
에고의 사랑은 집착이며
그것은 조건이 있다.
자신의 관념 틀에 상대를 맞추려 하고,
자신의 조건에 맞게 바꾸려고 하기 때문에
상대를 힘들게 한다.

옆집 아이가 공부를 못하면 화가 안 나는데,
왜 내 자식이 공부를 못하면 화가 나는가?
내 자식이라 사랑해서 그렇다.

에고의 사랑은

기준에 맞지 않으면 화내고 바꾸려 한다.
그것이 바로 집착이고 기대다.
자식을 사랑한다고 하는 행위가
오히려 자식에게 스트레스를 주고 힘들게 만든다.
아무런 조건과 기대가 없는 무위의 사랑이
참사랑이다.

많은 사람들이 산을 좋아한다.
기분 나쁜 일이 있거나 스트레스를 받다가도
산에 가면 편안해진다고 한다.
산이 무위의 사랑을 주고 있기 때문이다.

그대가 침 뱉는다고
나뭇가지가 그대의 얼굴을 때리던가!
그대가 쓰레기를 버린다고
돌멩이가 날아오던가!
그대가 바위에 낙서를 한다고
산이 꾸짖던가!
어떤 행위를 해도 산은
그저 묵묵히 바라볼 뿐이다.

자연은 모두 이러하다.
인간이 아무리 나쁜 짓을 해도
태양은 어김없이 뜬다.
살인자라 할지라도
햇빛은 공평하게 비치고,
공기는 숨을 쉬게 해 준다.
그대가 어떤 인간이더라도
자연의 혜택은 달라지지 않는다.
자연은 스스로 준다는 생각도 없이
그저 늘 그렇게
묵묵히 제 할 일을 한다.
이것이 참사랑이다.

있는 그대로 받아들이는 사랑,
상대를 바꾸려고 하지 않는 사랑,
그저 상대를 이해하고 공감하며 곁에 있어 주는 사랑,
그 사랑은 머리의 판단과 분별이 끊어져야 나온다.

본성을 회복한 인간만이
그런 조건 없는 사랑을 줄 수 있다.

그대의 내면 가장 깊은 곳으로 들어가라.
거기에 우주를 창조한 불멸의 사랑이 있다.

빛나무가 있는 사랑마을

# 삶이
# 사랑이다

성서에 보면 "원수를 사랑하라."는 구절이 있다.
독실한 종교인들은 원수를 사랑할 수 있게 해달라고
날마다 간절히 기도한다.
하지만 기도 후에는 잠시의 평안이 있을 뿐
현실에서 원수를 마주치면
미움과 원망이 또 올라오기 마련이다.
그러면 그들은 다시 자신들의 죄를 회개하고
원수를 사랑하게 해달라고 기도한다.

이런 방식으로는 삶의 문제들이 해결되지 않는다.
원수를 어찌 사랑하겠는가!

원수를 사랑하려면 먼저
원수가 '원수가 아님'을 아는 게 순서다.
이제껏 원수가 아닌 것을 공연히 오해해서
착각했음을 알게 되었을 때,
그 동안의 모든 미움과 원망이 일시에 사라지고
마음의 평화가 찾아온다.

외부의 삶은 내면의 마음이 만들어 내는
환상이고 연극이다.
연극이 재미있으려면 은인도 있어야 하지만
원수도 있어야 하고,
돈을 많이 벌기도 해야 하지만
쫄딱 망하기도 해야 한다.
그래서 육체의 눈으로 삶을 보면
고통과 괴로움투성이이지만
마음의 눈으로 본다면 삶은 연극인지라
온통 즐거움과 기쁨밖에 없는 것이다.
이 삶이라는 연극에 동원된 모든 배우들과 무대 장치는
에고의 즐거움과 기쁨을 위해
오직 우주의 사랑이 나타난 것임을 알게 된다.

찰리 채플린의
"인생이란 가까이에서 보면 비극이지만
멀리서 보면 희극이다."라는 말이 있다.
육체의 눈으로 보는 것은 가까이에서 보는 것이다.
가까이에서 볼수록 주관적 관점에서 보는 것이고
그래서 더 고통스럽게 보인다.
마음의 눈으로 보는 것은 멀리에서 보는 것이다.
멀리 떨어져서 볼수록 삶은 객관화되면서
고통스럽지 않고 더 뚜렷하게 보인다.

내 인생에 일어나는 일을 통해 느껴지는 괴로움과
남의 인생에 일어나는 일을 통해 느껴지는 괴로움은
그 고통의 정도가 다르다.
내 인생은 주관적 관점으로 보는 데 반해
남의 인생은 객관적 관점에서 보기 때문이다.
내 인생을 객관화시켜서 볼 수 있게 하는 눈이 바로
마음의 눈이다.
육체의 눈으로 볼 때의 모든 문제들이
마음의 눈으로 보게 되면 일순간에 사라진다.
문제가 '문제가 아니었음'을 알게 되기 때문이다.

인생에서 기적이 일어나는 순간이다.
삶의 모든 괴로움은
이처럼 마음의 눈만 열면 손쉽게 해결된다.

아직 많은 사람들이 이 사실을 몰라
외부에서 현실을 바꾸려고 허우적거리고 있다.
현실을 바꾸기란 불가능하다.
현실을 바꾸려고 노력하면 할수록
이 고통에서 저 고통으로 종류만 바꾸어
이리저리 옮겨 다닐 뿐 고통이 사라지지는 않는다.
불가능한 방법으로 고통을 없애려 하니,
사람들이 죽을 때까지 삶의 괴로움에 시달리는 것이다.

오직 내면으로 들어가 마음을 열면 된다.
마음을 버리다 보면 마음의 눈이 열리면서
에고의 왜곡된 눈으로 잘못 보았던 삶의 문제들이
똑바로 명명백백히 보인다.
진실을 마음으로 알게 되니 거짓이 사라지는 것이다.
에고의 거짓된 눈으로 인해 오해하여
괴로움을 겪고 있었음을 똑똑히 알게 되니

어리석은 자가 지혜로운 자가 된다.

진실로, 이 삶에 고통은 존재하지 않는다.
그대를 괴롭히는 원수도 존재하지 않는다.
그것은 에고가 만들어 낸 환상이고 착각이다.
삶 속의 모든 괴로움은
'에고'라는 육체의 눈으로 본 허상일 뿐인 것이다.
그대가 마음의 눈이 열린다면
그때 비로소 헛것이 아닌 참된 진실을 볼 것이다.

세상은 천국이고
삶은 우주가 나 하나 참된 인간으로 만들기 위해 마련한
정교한 연극 프로그램이며,
그 연극에 동원된 모든 배우들이
사실은 내가 투사된 수많은 나였으며,
나 혼자 울고 웃고 기뻐하고 괴로워하면서
원맨쇼를 하고 있었음을 뚜렷이 보게 된다.

진실로 깨어난 자는 보게 된다.
삶은 우주의 지극한 사랑의 표현이라는 것을…… .

사랑비

## 사랑으로
## 거듭난 사람만이
## 진실한 삶을 살 수 있다

사람들은 사랑받고 인정받기 위해서 산다.
살아가는 동안 내내 사랑받기 위해
모든 노력과 열정을 다 바친다.
삶이란
사랑받고 인정받기 위한 처절한 몸부림이라고 표현할 만큼
온통 자신의 전부를 내던진다.

어릴 적 왜 그렇게 공부를 열심히 했는가?
부모님의 사랑과 선생님의 칭찬,
친구들 사이에서 인정받기 위해서이다.

자라서 좋은 직장을 얻으려고 노력했던 것도,
결혼해서 아이를 낳은 것도, 돈을 벌려고 애쓰는 것도,
외모에 신경을 쓰는 것도, 기타 삶의 모든 행위는
오직 하나, 타인의 사랑과 세상의 인정을 받기 위함이다.

왜 에고는 그토록 인정받기를 원하는 것일까?
에고는 타인의 사랑과 인정을 통해서만이
자신의 존재 가치와 행복감을 느끼기 때문이다.
자신이 사랑받고 인정받는다고 느낄 때만이
사는 보람이 있고,
사랑과 인정을 받지 못하면
자신의 존재와 삶이 무가치하게 느껴져
죽을 것 같이 두렵기 때문이다.

항상 주목받고 싶고, 칭찬받고 싶고, 사랑받고 싶은 아기가
모든 사람들 내면에 잠재되어 있다.
그 아기들이 서로 잘났고 똑똑하다고 경쟁하고,
시기 질투하고, 사랑하고 사랑받는 것이
삶이라는
에고의 드라마인 것이다.

이처럼 타인의 인정과 사랑에 기대어 살고
혼자 자립할 수 없기에 에고는 약한 존재이다.
그는 이 삶이라는 드라마가 끝날 때까지 사랑받기 위해서
자신을 더 나은 존재로 만들기 위한 노력을
끊임없이 경주해야 한다.
이처럼 외부의 사랑을 구하는 것은
끝없이 힘든 노력과 고통을 수반한다.

또한 세상의 사랑과 인정을 구하는 삶은
참다운 자신의 인생을 살지 못하고
남의 생각대로 사는 꼭두각시의 삶이다.

당나귀를 팔러 간 아버지와 아들의 이야기를 아는가?
아버지와 아들이 당나귀를 팔러 시장으로 향했다.
아버지와 아들이 당나귀를 끌고 시장으로 가는데,
그것을 본 사람들이 타고 가지 왜 끌고 가느냐고 말했다.
그래서 아들이 당나귀를 탔다.
아들이 탄 당나귀를
아버지가 끌고 가는 것을 본 사람들은
아들이 불효자라고 수군거렸다.

그래서 아버지가 당나귀를 타고,
아들이 당나귀를 끌고 가기 시작했다.
사람들은 아버지가 인정머리가 없다고 욕을 했다.
그러자 이번엔 아버지와 아들이 함께 당나귀를 타고 갔다.
사람들은 불쌍한 당나귀를 혹사시킨다고 혀를 찼다.
그래서 아버지와 아들은
당나귀의 다리를 묶어 어깨에 메고 갔다.
사람들은 그냥 끌고 가면 될 것을 멍청하다고 했다.

세상 사람들은 각자 자신의 생각이 있고,
다들 자신의 의견을 주장하기 마련이다.
타인의 인정과 사랑을 원하는 사람일수록
그 수많은 생각들에 휘둘려
당나귀 팔러 가는 아버지와 아들 꼴이 되기 십상이다.

내가 내 인생의 주인이 아니라
남이 내 인생의 주인이 되고 만
주객이 전도된 삶을 살게 될 것이다.
이처럼 외부에서 사랑을 구할 때
그대의 삶은 불안정하고 힘들 것이다.

외부가 아닌 내면의 사랑을 구해야 한다.
인간 내면에 우주 근원의 사랑 에너지가 존재한다.
그 내면의 사랑의 빛이 뿜어져 나와
스스로를 사랑할 수 있도록 해야 한다.
자신을 바꾸려는 모든 노력을 쉬고
자기 자신을 있는 그대로 받아들이도록 하는 것이
스스로를 사랑하는 길이다.

외부를 보던 눈을 돌이켜 내면을 보게 되면
마음의 눈이 열리면서
내면의 사랑이 솟아나기 시작할 것이다.
내면의 사랑이 에고를 소멸시켜
스스로를 완전히 사랑하게 된 자,
사랑으로 거듭난 자는
더 이상 외부의 사랑을 갈구하지 않게 된다.

그는 외부의 칭찬과 비판에 흔들리지 않고
자신과 세상을 진정 사랑하는 진실한 삶을 살게 된다.
그는 스스로 존재하는 자이고
오직 사랑으로 존재하는 자이다.

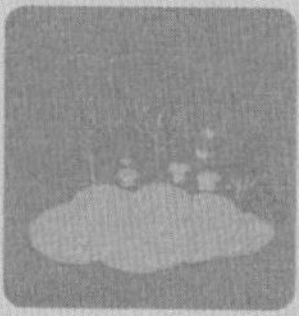

부모와 자식은 서로를 보게 해 주는 거울이다.
부모와 자식은 마음 안에서 하나인 것이다.

# 가족 5

*Mindfulness*

마음챙김 명상에세이

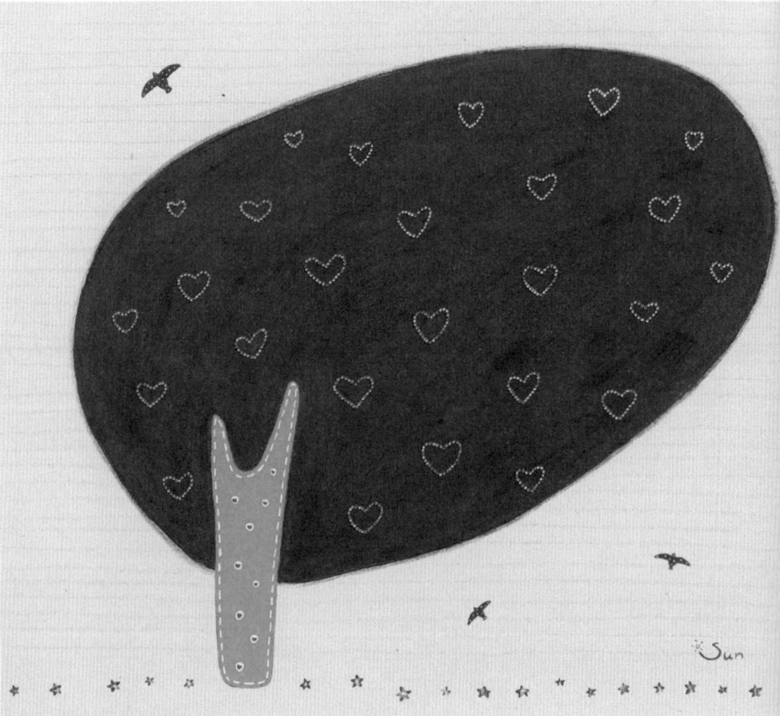


사랑나무

## 부부란?

'부부'란, 인생이라는 배움터에서 만난 서로에게
가장 큰 스승이다.
이 스승의 가르침을 잘 받으면
행복하고 성공적인 인생을 살 것이고,
가르침을 잘 받지 못하면
고통에 빠지고 인생의 실패자가 될 것이다.

'유유상종'이란 말이 있다.
부부는 의식 수준이 비슷하기에 만나서 같이 사는 것이다.
부부싸움을 하는 많은 사람들이
자신은 상대 배우자와 전혀 다른 사람이라고 말한다.
전혀 다른 수준이면 만나지도 않는다.

대학생은 대학생끼리,
초등생은 초등생끼리 어울리는 것과 같은 이치이다.

내가 저 사람을 만나서
이 모양 이 꼴이 되었다고도 말한다.
내 인생은 내 탓이다. 누구 탓도 아니다.
내가 배우자를 선택한 것이 그 증거 아닌가.

부부 사이가 나빠지는 가장 큰 원인은
서로를 인정해 주지 않는다는 것에 있다.
행복하게 잘 사는 부부들 보면 배우자를 인정해 준다.
자기가 볼 때
좋다고 생각되는 면이나 나쁘다고 생각하는 면이나
모두 나와 다르다는 생각 하에 받아들여 주는 것이
상대를 인정해 주는 것이다.

인정해 주지 못한다는 것은 배우자의 어떤 모습을 볼 때
그 모습이 보기 싫어서 받아들여지지 않는다는 뜻이다.
그 결과로, 화를 내고 싸우면서 상대를 고치려 하거나
귀찮아서 아예 관계를 단절하고

무관심으로 일관하게 된다.
이렇게 상대 모습에 반응하는 것은
내면의 자기 모습을 상대를 통해 보기 때문이다.
자신이 가지고 있는 모습들 중
싫은 모습을 상대를 통해 볼 때
에고는 심하게 반응한다.
내 안에 없다면 반응하지 않을 것이다.

물론 상대의 모습이 나라는 것을 인정하기가 쉽지는 않다.
그 모습은 마음파동이기에
육체의 눈으로는 잘 보이지 않기 때문이다.
마음의 눈이 열릴수록 더 정확하게 잘 보인다.
만약 상대의 모습이 자기 모습이라는 것을
마음으로 뚜렷이 볼 수 있다면
더 이상 상대방을 외면하거나 싸우지 않을 것이다.

이 세상 만물은 파동이고 인간도 파동이다.
파동의 공명현상으로
같은 주파수의 파동끼리는 서로 공명하게 된다.
따라서 내면에 똑같은 마음파동을 가진 사람들은

서로 공명현상을 일으킨다.
인간이 일으키는 공명현상은
감정과 느낌, 기분 등을 통해 나타나게 된다.
예를 들면, 이기적인 행동을 하는 사람을 보고
화가 나거나 기분이 나빠지는 등의 어떤 반응이 있으면
똑같은 이기적인 모습이 내 안에도 있는데
그 모습이 공명하면서 반응을 일으키는 것이다.

부부는 마음파동이 비슷한 사람들이 만나기에
다른 어떤 사람보다도 나의 모습을 많이 보여 준다.
그래서 어떤 다른 스승보다도 큰 스승으로서
나의 많은 나쁜 점들을 고쳐 줄 수 있는 것이다.

배우자는 나도 모르는 내 모습을 비춰 주는
거울이라고 생각하면 된다.
내 모습 중 좋은 모습을 보여 주면 문제 될 것이 없지만
내가 싫어하는 내 모습을 보여 준다면
나는 반응할 것이다.
대부분의 부부들은 이 사실을 모른 채
상대방이 문제라고

상대 탓만 하며 싸우다가 헤어지고 만다.
또, 어차피 만났는데 헤어질 것도 아니니
그냥 꾹 참고 사는 부부도 있다.
이 두 유형의 부부 모두 불행하다.

가장 바람직한 부부는 배우자의 모습을 볼 때
마음속에 불쾌한 반응이 일어나면 알아차려서
그 모습이 자기 안에도 있음을 인식해야 한다.
그렇게 인식하다 보면
자기도 모르는 자신의 안 좋은 모습이 고쳐지면서
인격이 더 고매한 인간으로 의식 수준이 향상되는 것이다.
그렇게 평생 동안 나를 가르치니
배우자는 나의 스승인 것이다.
누가 나를 위해 평생 동안 헌신하며 가르쳐 줄 것인가?
진정으로 고마워해야 하는 것이 부부다.

이렇게 부부끼리
서로 스승노릇 잘해서 배우고 고치면서 살다 보면
모난 데 없이 둥글둥글해지고 삶의 지혜가 생긴다.
삶의 깊은 맛이 우러나는 인생의 대가가 되어가는 것이다.

수호천사

## 훌륭한 부모

훌륭한 부모가 되기란 쉽지 않은 일이다.
아니 어쩌면 가장 어려운 일일지도 모른다.
하지만 당신의 마음만 잘 다스린다면
그렇게 어려운 일도 아닐 것이다.

자식에게 존경받는 부모가 되는 것이 중요하다.
부모를 존경하는 자식은 결코 잘못되지 않기 때문이다.

당신이 대통령이나 갑부, 유명인사라 할지라도
자식에게는 존경받지 못하고 있을지 모른다.
타인에게 존경받는 것보다
자식에게 존경받는 것이 더 어렵다.

타인들은 당신의 일부를 보고 존경하겠지만
자식은 당신의 전체인 인격을 보고 있기 때문이다.

그래서 자식에게 존경받을 수 있는 부모라면
성공적인 인생을 살았다고 자부해도 좋다.

자식에게 존경받는 부모들의 공통점 중 첫째는
자식을 인격적으로 존중한다는 것이다.
자식을 존중하기에 존경받는 것이다.
자식을 내 소유물로 생각하는 부모들에게는
쉽지 않은 일이다.
그러나 자식을 키우는 부모라면 꼭 명심해야 할 덕목이다.
아무리 어린 자식도 내 소유물이 아닌
존엄한 한 인격체로 대우해야
훌륭한 인간으로 자라게 된다.

부모가 자식의 의견을 존중하지 않고
자꾸 자기만의 방식을 강요하며 바꾸려 하고,
지나치게 간섭하는 이유는
자식을 믿지 못하기 때문이다.

너무 어리기 때문에 잘 모를 것 같아서,
남들보다 무언가 빨리 잘 해내야 한다는 조급한 마음에,
잘못될까 봐 두려워서 등등
이유는 많지만 종합해 보면 믿지 못하는 것이다.

왜 믿지 못하는가?
자기를 믿지 못하는 부모일수록
자식을 믿지 못한다.
자기를 존중하지 않는 부모일수록
자식을 무시하게 된다.
사람은
자기 자신을 생각하는 마음 그대로 타인을 대하는데,
특히 자식은 나의 복사판이므로
나를 대하는 그대로 대하게 된다.

모든 아이의 잠재의식 내면에는
'신성'이라는 위대한 씨앗이 있기에
자식은 부모가 믿고 존중해 주기만 한다면 훌륭하게 자란다.

이 글을 읽는 부모들 중 믿고 존중하라는 말에

"지금 내 자식이 어떤 지경인 줄 아시고
그런 말을 하십니까?"
이렇게 항변하고 싶은 분들이 많이 있을 것이다.
아주 잘하고 있고 모범적인 자식을 둔 부모에게는
자식을 믿고 존중하라는 말을 하지 않아도
그렇게 할 것이다.
지금 여기서 말하는 '믿고 존중하라'는 말은
당신의 뜻대로 잘하지 못하는 것 같고
문제가 많은 아이로 보일지라도
믿고 존중하라는 말이다.

그것은 결코 쉽지 않을 것이다.
하지만 그 길만이 아이를 올바르게 키우는 길이다.
이제껏 아이가 말썽을 피우고 힘들게 할 때마다
화내고 잔소리하며 때로는 협박도 해보고
여러 가지를 다 해 본 부모들이여,
그렇게 하여 자식이 바뀌었는가?

이제까지 온갖 노력을 해도 안 바뀌었다면
지금 이 방법을 써보라.

아이가 아무리 속을 썩이고 힘들게 하더라도
화내지 않고 인격적으로 대하며,
모욕하는 말도, 잔소리도 하지 않고
고쳐질 때까지 존중하고 믿어주고 기다린다면
오직 시간이 문제일 뿐 아이는 반드시 달라진다.

자식은 알고 보면 부모 마음이 만드는 것으로,
부모의 잠재의식 속에
자식을 무시하고 불신하는 마음이 있을 때
현실에서 자식으로 인해 고통을 받게 되는 것이다.
부모의 그 마음을 바꾸면
자식은 반드시 달라지기 마련이다.

예전에, 어떤 분이 자식 때문에 상담을 왔다.
아들이 고등학교에 들어간 후부터 매일 새벽에 오고
나쁜 친구들과 어울려서 술, 담배를 하고
성적은 점점 떨어진다면서
어떻게 하면 좋겠느냐고 물으며
별별 방법을 다 썼다고 한다.
무슨 방법을 썼는지 물으니,

때려 보기도 하고 용돈도 끊어보고
대화도 시도해 보고 등등 이루 말할 수가 없다고 했다.

그래서 아버지한테 무시당한 아들이 화가 나
아버지에게 복수하느라 골탕을 먹이는 것이니,
무릎을 꿇고 진심으로 참회의 눈물을 흘리면서
아들에게 사죄하라고 했다.

당신은 아들을 무시한 적 없다고 하길래
그것은 머리의 생각일 뿐
잠재의식은 무시했기 때문에 아들이 반항하면서
지금 아버지를 힘들게 하는 것이라고,
아들의 지금 행동이
아버지가 무시한 증거라고 말해 주었다.
원인 없는 결과는 없고
원인을 제거해야 결과가 바뀐다고 하니,
처음에는 못 받아들이다가
해보겠다고 하고는 갔다.

원래 인간은 자신이 한 것은 모르고

남이 자신에게 한 것만 보인다.
그래서 현실에서 어떤 결과가 나타나면
나는 씨앗을 심은 적이 없는데
어디서 이런 싹이 나왔느냐고 펄펄 뛰는 것이다.
자기를 돌이켜 볼 수 있는
마음의 눈을 뜨지 못한 사람들은
대부분 이런 반응이다.

이 아버지도 자신의 모습을 보지 못하니
받아들이기가 힘들었던 것이다.
열흘 정도 후에 환한 얼굴로 오셔서 하는 말이,
처음에는 집에 가서
아들 얼굴을 보고 사죄하려고 해도 화만 나고
'잘못은 네가 했는데 내가 왜 사과를 해야 하나.'
하는 생각만 올라왔다고 한다.
그런데 며칠 후에
여전히 아들이 새벽까지 안 들어와 마중을 나갔는데,
불량배들과 어울려서
술 취한 취객을 때리고 지갑을 빼앗는
아들의 모습을 보게 되었단다.

순간 '정말 자식을 잘못 키웠구나. 내 죄'라는 생각에
주머니에 손을 찔러 넣고
휘파람 부는 아들 앞에 무릎을 꿇고는
아버지를 용서하라며 펑펑 울었다고 한다.
깜짝 놀란 아들은
아무 말 없이 그냥 집으로 들어가더니
그 다음 날부터 완전히 태도가 바뀌어
모범생이 되었다면서 신기하다고 했다.

신기한 것이 아니라 잠재의식에서는 당연한 일이다.
아버지한테 무시받았다고 생각했던 마음이
아버지의 진심 어린 사죄에 녹아내린 것이다.

인간은 모두 잠재의식 내면에 존엄한 신성이 있기에
아무리 어린 자식이라 할지라도 무시를 받으면
심하게 분노하여 항거를 하게 된다.
자기 자신을 망치면서라도
부모에게 똑같은 고통을 느끼게 하려는 것이다.

에디슨의 엄마는 무한한 신뢰와 존중으로

자식을 인류 역사에 남는 위대한 발명가로 만들었다.
저능아로 낙인 찍혀 초등학교에서조차 쫓겨난 아들에게
인류 역사에 길이 남는
위대한 발명가가 될 것이라는 믿음을 주고
기다려 주었기에
지금의 발명왕 에디슨이 존재하게 된 것이다.

자식은 부모가 믿는 모습 그대로 현실에 나타나게 된다.
다만 씨앗을 심고 기다려 주어야 싹이 나서 자라는 것처럼
아이를 보는 마음에 믿음과 존중이라는 씨앗을 심고
변화할 때까지 기다려야 하는 것이다.
씨앗을 심고 싹이 나지 않을까 노심초사하여
매일 땅을 파서 씨앗이 잘 있나 확인한다면
바로 그 때문에 싹이 나지 않을 것이다.

이와 같이 부모가 믿고 기다려 주면
반드시 자식은 변화되어
훌륭한 사람으로 성장할 것이다.

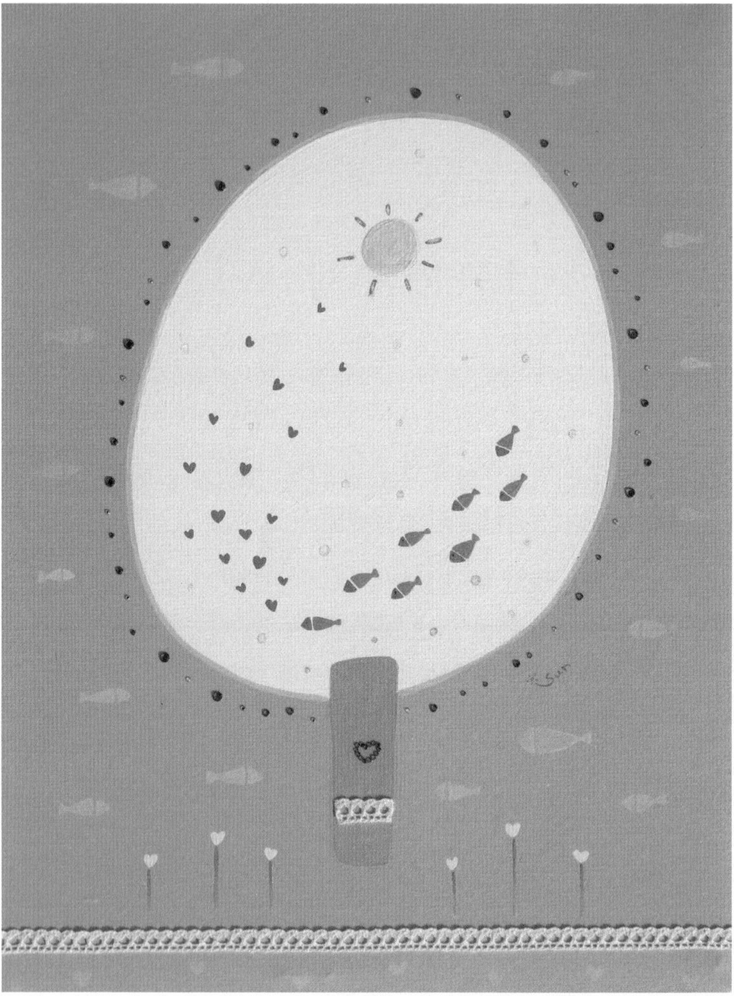

사랑이 가득한 물고기

# 부모와
# 자식의 관계

세상에 수많은 인연들이 있지만 그 중에서도
부모와 자식의 인연만큼 귀중하고 깊은 것은 없다.
부모는 자식의 뿌리이며 근본이고
자식은 부모가 이 삶에서 맺은 열매라 할 수 있다.
열매를 보면 나무를 알 수 있고,
뿌리가 건강한 나무일수록 알찬 열매를 맺는다.

하지만 가끔씩 자신의 부모를 인정하지 못하는 자식이나
자식이 자기를 닮지 않았다고 불평하는 부모들을 본다.
이는 토끼 새끼가 자기 부모인 토끼가 약하고 무능하여
자신은 토끼로 살지 않겠다고 선언하는 것과 같고,

옆으로 가는 게가 자식인 새끼 게가 옆으로 간다고
똑바로 가라고 가르치는 것과 같다.
다들 자신의 모습을 보지 못하고 상대의 모습만 보고는
그 약점을 싫어해 거부하고 부정하는 것이다.

토끼 새끼는 부모인 토끼를 아무리 싫어한다 해도
토끼로 살아갈 수밖에 없다.
설사 호랑이 가죽을 뒤집어쓰고 산다 해도
풀을 뜯어 먹고 깡충깡충 뛰는 토끼임을 부정할 수 없다.

모든 생명체에게는 유전인자라는 것이 존재하여
똑같은 복제품을 만들게 되어 있는데,
인간은 '자식'이라는 이름으로
자신의 복제품을 생산하는 것이다.
그래서 모든 인간은 자신의 부모와 똑같은 외모,
습관과 성격 등의 유전인자를 물려받기에
부모와 똑같은 삶을 살게 된다.
아무리 아니라고 부정해도
사기꾼 부모를 둔 자식에게는 사기꾼의 피가 흐르고,
폭력적인 부모에게서 태어난 자식은

폭력적인 유전인자가 내재해 있기 마련이다.

자식은 부모의 나쁜 점을 보면
그것이 자신에게 있다는 것을 두려워하여
거부하고 인정하지 않는다.
그렇게 해서는 절대로 고쳐지지 않는다.
문제점은 발견해야 고쳐지고 병은 드러나야 치료하듯이
부모에게 있는 단점이
자신에게도 있음을 인정하고 받아들일 때 고쳐진다.

마음으로 자신이 부모와 같음을 인정할 때
그때 비로소 부모와 다른 인간이 되는 것이다.
마치 "나는 참 불효자야."라고 말하는 사람은
더 이상 불효자가 아닌 것과 같다.
마음으로 인정할 때
이미 그것에서 벗어나 있는 것이다.

마음으로 인정하려면 마음의 눈이 열려야 한다.
자신의 부모와 자기가 다르다고 생각하는 것도
마음의 눈이 열리지 않아 보이지 않기 때문이다.

뿌리 없는 나무는 생존할 수 없듯이
자신의 뿌리인 부모를 인정하지 못하면
그 부모의 삶을 뛰어넘지 못하고
자신이 그토록 싫어했던 부모와 똑같은 삶을 살게 된다.

옆으로 가는 게가 자신이 하는 행동은 못 보고
새끼 게가 옆으로 간다고 똑바로 가라고 했듯이
부모는 자식에게서 자신이 싫어하는 점을 발견하면
그 문제가 자신의 문제임을 자각하지 못하고
자식만의 문제라고 생각하기에 고쳐지지 못한다.

자식은 부모의 거울이고 열매이다.
보여진 대로 비춰 주는 것이 거울이고
나무의 상태를 그대로 반영하는 것이 열매인 것이다.
부모에게 없는 것은 자식에게도 나타나지 않는다.
자식의 어떤 부분이 싫어서 화가 난다면
바로 그 부분이 자신에게도 있는 것이다.
자신 속에 없다면 반응하지 않을 것이기 때문이다.

마음의 눈이 열리지 않아 자신의 내면을 보지 못하기에

외부인 자식에게서만 보고
정작 자신 속에 있는 것은 보지 못할 뿐이다.

부모가 자식의 못마땅한 점을 자신의 것으로 인정하여
마음으로 받아들인다면 자식은 고쳐질 것이다.
하지만 부모 자신의 것으로는 인정하지 않고
자식만을 고치려고 한다면 절대로 고쳐지지 않을 것이다.
자식은 부모를 가르치려고 세상에 나온
부모의 스승이기 때문이다.

자식은 부모의 모습 속에서 나의 모습을 찾아
마음으로 받아들여 개선하면
부모를 뛰어넘는 삶을 살게 될 것이다.
부모는 자식의 모습에서 내 모습을 찾아 받아들이면
자식 교육이 절로 될 것이다.

이처럼 부모와 자식은 서로를 보게 해 주는 거울이다.
자신은 알지 못하는 자신의 모습을 볼 수 있도록
외부인 현실에 나타난 쌍둥이인 셈이다.
부모와 자식은 마음 안에서 하나인 것이다.

돈도 집착하면
귀찮고 싫어서 떠나게 된다.

# 돈 6

*Mindfulness*

마음챙김 명상에세이

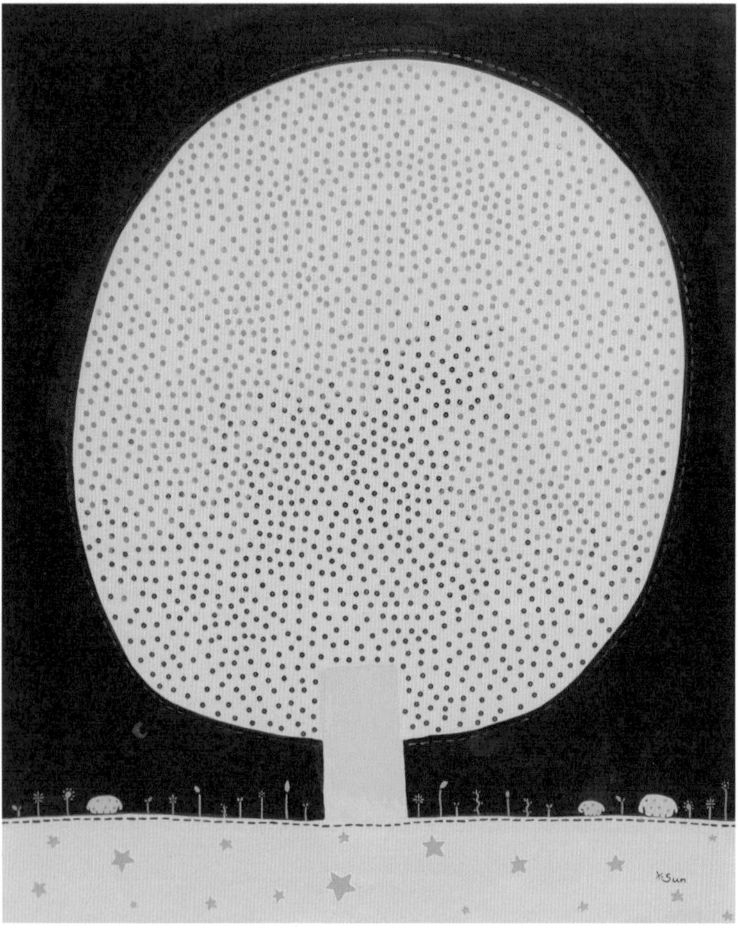

황금나무

## 돈을 끌어오는
## 마음의 법칙

이 우주는 거대한 의식체이다.
우주 안의 모든 것은 다 의식으로서
마음이 있어 서로의 마음에 반응하고 있다.

돈도 이 우주의 일부로서 의식체이다.
인간과 마찬가지로 돈도 마음이 있어서
가야 할 곳과 안 가야 할 곳을 다 알고
정확히 자기가 있어야 할 자리로 움직인다.

돈은 이 지구별에서 가장 강력한 에너지를 지녔다.
모든 사람들이 가장 원하면서 집중하는 것이 돈이므로

돈의 에너지가 가장 강력하다.
사람과 사람의 손을 거쳐 다니는 것이 돈이지만
절대 아무에게나 가지 않는 것이 돈이다.

이런 돈의 마음을 모른 채 무조건 얻으려고만 한다면
오히려 화를 당하게 될지 모른다.
돈은 에너지가 강해서
감당할 만한 능력이 생기기 전에 돈이 오게 되면
건강을 잃거나 사고가 나는 등 화를 당할 수도 있는 것이다.

돈이 좋아하는 사람과 싫어하는 사람은 어떤 사람일까?
그 답은 지금 이 글을 읽고 있는 그대가
좋아하는 사람, 싫어하는 사람과 일치한다.
인간과 돈은 둘 다 의식체이기 때문이다.

그대는
같이 있으면 편안하고,
그대를 사랑하지만 구속하거나 집착하지 않으며,
그렇다고 두려워하지도 않는 사람을 좋아할 것이다.
돈도 마찬가지이다.

돈을 생각할 때
편안한 마음이 들지 않고 무언가 불편하다면
그대의 잠재의식이 돈을 거부하고 있어
돈이 오지 않는다는 뜻이다.

또, 그대가 사랑하는 사람을 좋아하듯이
돈을 사랑하지 않으면 돈은 오지 않는다.

그러면 그대는 이렇게 반문할 것이다.
“돈을 사랑하지 않는 사람도 있나요?”
머리로는 누구나 돈 갖기를 원하니
사랑한다고 생각할 것이다.
하지만 잠재의식은 다르다.
현실은 머리의 생각이 아닌 잠재의식이 창조하는 것이니
잠재의식에 저장된 마음이 중요하다.

예를 들어 어린 시절,
돈 때문에 부모가 늘 싸운 기억이 있는 사람은
잠재의식 속에서 돈을 미워하고 있을 것이다.
부모의 싸움이 돈 때문이라고

원망하는 마음이 있을 것이다.

어린 시절,
부모가 나를 외롭게 하고 돈 버는 일에만 몰두했었다면
그에게 돈은
부모의 사랑을 빼앗아간 사랑의 경쟁자로 느껴져
질투하고 미워할 것이다.
또는 부모가 나보다 돈을 더 좋아한다고 생각하여
돈에 대한 열등의식 때문에 돈을 무시하기도 한다.

누구도 자기를 무시하는 사람 옆에 가기는 싫을 것이다.
마찬가지로 돈도 그대가 무시한다면 오지 않을 것이다.
돈을 무시하는 사람의 잠재의식 소비 패턴은
낭비벽이 있다는 것이다.
별로 필요도 없는 곳에 돈을 쓴다거나
수중에 있는 돈은 다 써버려야 직성이 풀린다.
그렇게 해서
돈을 자기 곁에 두지 않고 쫓아내면서 무시하는 것이다.

돈 때문에 고통을 겪은 기억이 있는 사람은

돈에 대한 두려움이 있어서 이 또한
돈이 오지 않는 이유가 된다.

너무 돈에 집착하여 돈에만 집중하고 있는 사람도
돈이 싫어하는 사람 중에 하나이다.
그대도 누군가 계속
밤이나 낮이나 끈질기게 따라다니며
한순간도 그대에게서 눈을 떼지 않는다면
힘들고 지겨워서 스토커로 신고하지 않겠는가?

돈도 마찬가지로 집착하면 귀찮고 싫어서 떠나게 된다.
그래서 세상에서
가장 돈에 집착하면서 가장 가난한 사람이
'거지'인 것이다.

돈을 쓰지 않는 지독한 구두쇠도
돈은 좋아하지 않는다.
돈이 가장 기뻐하는 것은
세상에 많은 사람들에게 도움이 되는 일에
자신이 쓰여지는 데 있다.

그런데 쓰지 않고 가두어 둔다면
돈으로 태어난 보람이 없을 것이다.

세상 만물은 에너지체이다.
돈은 그 중에서도 가장 강한 에너지를 지녔다.
그런데 그 에너지를 가두어 흐르지 못하게 한다면
부작용이 생길 것이다.
고인 물은 썩듯이 에너지는 흘러야 안전하다.
에너지를 가두면 폭발할 것이기 때문이다.
에너지의 폭발은
'삶의 고통'이라는 부작용으로 나타나므로 주의해야 한다.
돈은 유용한 일에 잘 사용해서 흘러나가게 해야
다시 들어오게 되고
이렇게 순환을 시켜야 안전하다.

돈이라는 에너지는 인간에게 유용하기도 하지만
잘못 사용하면 큰 화를 당하기도 한다.
전기가 인간에게 없어서는 안 될 중요한 역할을 해 주지만
자칫 화재를 일으키거나 감전사를 당할 위험이 있듯이
돈은 잘 사용하면

자신은 물론 주위 사람들에게 이로움을 주지만
도박이나 낭비벽으로 인해 빚을 지거나 한다면
많은 사람들에게 고통을 줄 수도 있다.

사람들은 돈을 머리로만 원하면서
왜 돈이 나에게 안 오느냐고 하소연한다.
세상 만물은 잠재의식으로 움직이기에
내면의 잠재의식에 돈을 거부하고 싫어하는
경험정보가 있는지 점검해 보아야 한다.

돈을 끌어당기려면 내면의 잠재의식을 점검해 보고
과연 내가 돈을 사랑하는 사람인가 살펴야 한다.
만약에 잠재의식이 왜곡되어 있어서 돈을 싫어하고 있다면
마음공부를 통해 왜곡된 경험정보를 바로잡아야 할 것이다.

머리의 생각으로 돈에 집착하는 것이 아니라
잠재의식인 마음으로 돈을 사랑해야
끌어당길 수 있는 것이다.

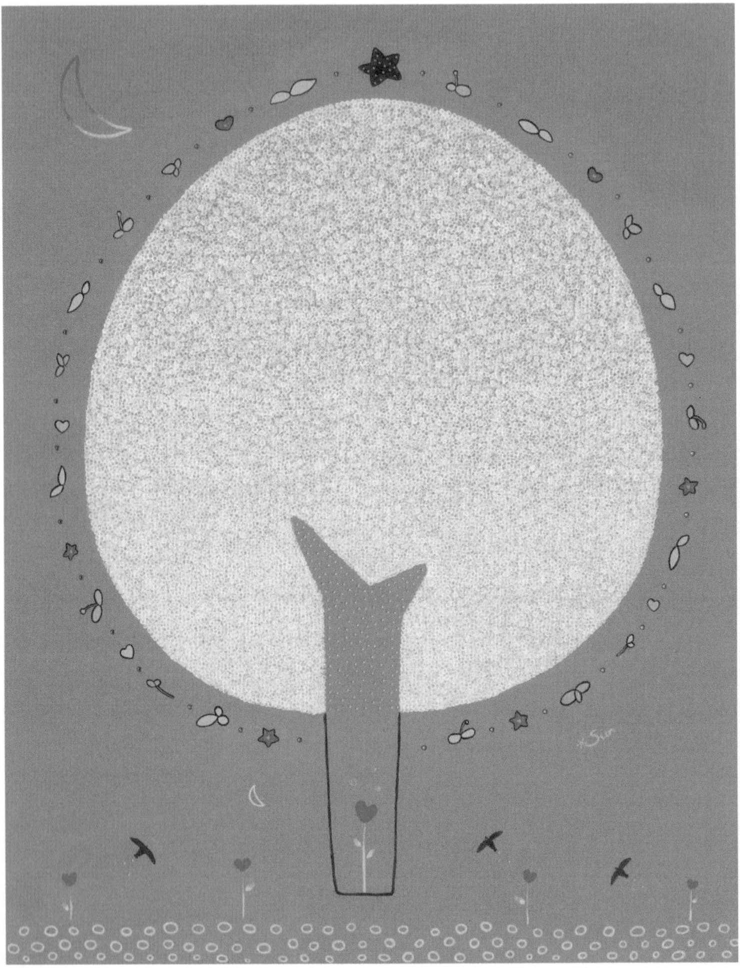

눈꽃나무

## 진정한 풍요로움

흔히들
진짜 부자는 '마음이 부자인 사람'이라고 한다.
그럼 마음이 부자인 사람은 어떤 사람을 말하는가?
돈에 대한 욕심을 내지 않고
현재 자기가 가진 것에 만족하며 사는 사람이
마음이 부자인 사람이라고 생각할 것이다.

하지만 진짜 마음이 부자인 사람은
자기 마음이
모든 부의 원천임을 안 사람일 것이다.
모든 것의 근원이 되는
자기 내면의 본성과 하나 된 사람일 것이다.

그런 사람은
모든 부와 풍요로움은 마음에서 만들어짐을 알기에
현실에서 큰 욕심을 부리지 않는다.
마치 은행에 예금 잔고가 많은 사람은
현찰을 많이 가지고 다니지 않는 것과 같은 이치이다.
돈을 원한다면
언제든지 은행에 가서 찾으면 되기 때문이다.

마음이 부를 창조한다는 것을 아는 사람은
현실에서 돈이 필요할 때는 언제든지
마음으로 창조되어서 자신에게 올 것임을 알기에
굳이 많은 돈을 소유하려 하지 않는다.

이 마음의 법칙을 알게 되면
아주 속편하고 배짱 편한 사람으로 살 수 있다.
물론 이 진실은 마음이 열려야 알 수 있을 뿐
머리의 이해 차원으로는 불가능하다.

알고 보면 부자들은 자신의 돈을 지키는 데
평생을 바치고 있는 사람들인 것이다.

가난한 사람들만
돈 때문에 괴로움을 당하는 것이 아니다.
부자들도 자신의 돈을 지키고 유지하고 증식하느라
괴롭고 힘든 삶을 살고 있는 것이다.

가난한 사람들은
자신의 마음이 돈을 창조한다는 진실을
믿지 못하는 마음 때문에
현실에서 돈이 오지 않아 고통받고 있는 것이고,
부자들 또한
마음이 돈을 창조하므로
언제든지 내가 원하면 돈이 온다는 진실을 믿지 못해
현실에서 돈을 지키느라 고통받고 있는 것이다.

가난한 사람은 돈에 대한 두려움 때문에,
부자는 돈에 대한 집착 때문에 고통받고 있기에
마음 안에서는 똑같이
돈 때문에 괴로움을 당하는 사람들인 것이다.
돈 때문에 괴로움을 당하는 사람은 부자가 아니다.
진정한 부자는 돈 때문에 행복한 사람이어야 한다.

사람들은
부자는 행복하고
가난한 사람은 불행하다고 생각한다.
하지만 이것은
겉으로 드러난 현실 상황만 보이고
그들의 괴로운 마음은 보이지 않기 때문에 하는
커다란 착각이다.
현실에서 보면 전혀 다른 상태인 두 사람이
마음에서 보면 똑같이 돈 때문에 괴로움을 겪고 있기에
그들은 모두 불행하다.

삶에 어떤 목적도 존재하면 안 된다.
돈 또한 목적이 아닌
내 행복을 위한 도구이며 수단일 뿐이다.
삶에서 무엇이든 목적이 되고 목표가 되는 순간
그대는 그 목적의 노예로 살게 되므로
삶은 순식간에 불행해질 것이다.

돈을 인생의 목적으로 삼는 가장 큰 이유는
돈이 많으면 행복해진다고 믿기 때문이다.

알렉산더 대왕과
철학자 디오게네스의 유명한 일화가 있다.
알렉산더가 그리스 정벌 후에 코린토스로 돌아오자
많은 사람들이 그를 찾아와 인사를 했는데,
유일하게 디오게네스만 찾아오지 않았다.
알렉산더가 그를 찾아갔을 때 디오게네스는
그가 사는 개집에서 일광욕을 즐기는 중이었다.
"나는 알렉산더 대왕이다."
"나는 디오게네스요."
"내가 무섭지도 않은가?"
"그대는 선한 자인가?"
"그렇다."
"그렇다면 무엇 때문에 선한 자를 두려워하겠는가?"
"그대가 바라는 것을 말해 보라.
나에게는 보물이 많으니 어떤 청도 다 들어줄 수 있노라."
"그대가 햇빛을 가리고 있으니 비켜 주시오."

이 일화에서 누가 더 행복해 보이는가?
알렉산더가 다음 생에는
디오게네스로 태어나고 싶다는 말을 한 것으로 보건대,

누가 더 행복한지는 충분히 짐작할 수 있을 것이다.
돈은 행복의 절대적 요건이 아니다.

왕인 알렉산더는 왜
개집에 사는 거지철학자 디오게네스가 부러웠을까?
그의 당당한 모습을 부러워했던 것이다.

사실, 많은 사람들이 가난을 싫어하는 이유는
가난 자체라기보다는
가난을 보는 다른 사람들의 시선 때문이다.
다른 사람의 평가가 두려운 것이다.
사람들이 자신을 무시할까 봐 두려운 것이다.
하지만 이 두려움은
가난한 사람들에게만 있는 것이 아니다.

부자들은 왜 돈을 많이 벌었을까?
사람들에게 인정받고 싶기 때문이다.
돈 없으면 사람들에게 무시당할 것이라는 두려움 때문에
이미 충분한 돈이 있음에도 만족하지 못하고
돈에 집착하는 것이다.

알렉산더보다 디오게네스가
마음이 더 부자인 사람이다.
그는 자신의 가난과 상관없이 당당하다.
알렉산더가 왕의 권력과 부를 다 가졌음에도
그의 당당함을 부러워했던 것은
자신의 당당함은 '왕'이라는 지위와 재물에서 나온 것이지만
디오게네스는 존재 자체의 당당함이었기 때문이다.

사람은 자기 존재를 안 만큼 당당해진다.
자신이 풍요로움의 근원이며
마음이 부를 창조한다는 것을 안 사람은
가난함과 부유함에 상관없이 당당하다.
그는 타인의 평가와 시선으로부터 자유로우며
부를 목적이 아닌 수단으로 여긴다.
풍요로움의 근원인 본성을 회복한 사람이
진정 마음의 부자인 것이다.

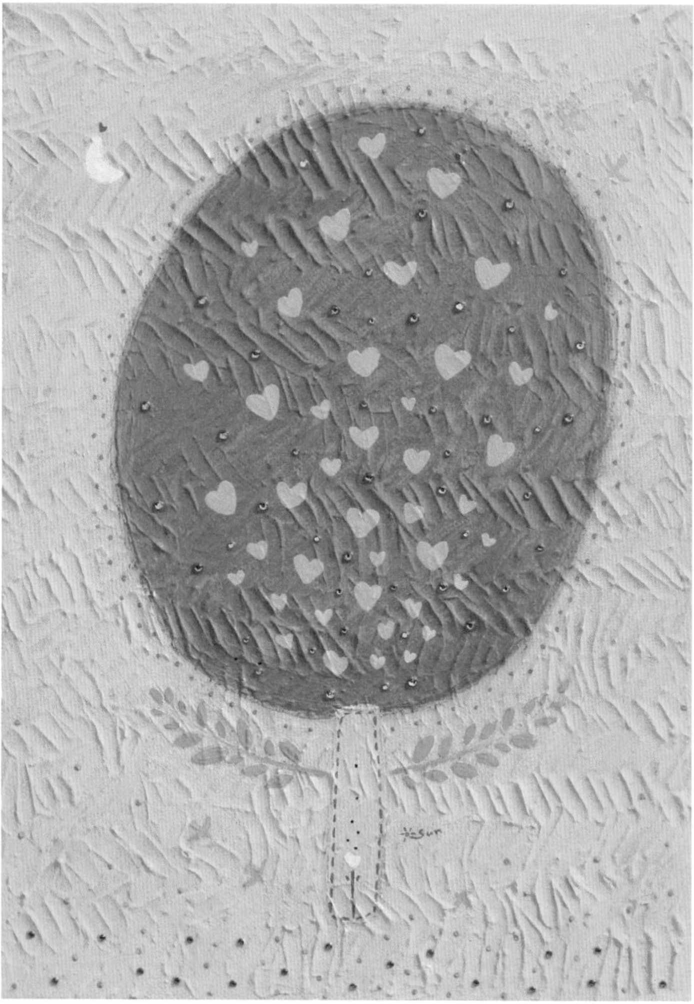

나무의 미소

# 돈을 잃었다면
# 웃어라

현대인이 가장 소중하게 생각하는 것은
아마도 돈일 것이다.
돈을 잃으면서 아무렇지도 않은 사람은 없으리라.
하지만 돈을 잃은 그대여, 웃어라.
인생에 일어나는 모든 일은 축복이다.
아무리 큰 고통일지라도 그대를 돕기 위한 일이며,
더 큰 축복을 주기 위한
일시적인 괴로움일 뿐이다.

그대 삶에서 일어나는 어떤 일도 우연은 없으며
일어나는 모든 일은

좋은 것이든 나쁜 것이든 다 옳다.

에고의 눈으로 보면 좋고 나쁨이 있지만
마음의 눈으로 보면
삶에서 일어나는 모든 일은 축복이다.
반드시 일어나야 할 일이 일어난 것이고,
옳은 일인 것이다.
어떤 일도 틀린 일은 없다.

돈을 잃는 경우도 마찬가지이다.
친척한테 돈을 빌려 주었는데 갚지 않고 잠적해 버려
화병이 난 60대 여자분이 왔다.
울화가 치밀어 살 수가 없다고,
식사도 못 하겠다고 하소연을 했다.
그 친척의 이름을 물었더니 아무개라고 했다.
그럼 지금부터 화가 풀려서 가슴이 시원해질 때까지
"아무개님, 돈을 가져가 주셔서 감사합니다." 하고
소리 내어 외우기를 반복하라고 하니,
어이없어하면서 무엇이 감사하냐고,
자기는 다 죽게 생겼단다.

그래서 그 사람이 돈을 안 가져갔으면
당신은 벌써 죽었을 것이라고,
덕분에 살고 있으니 고마워해야 한다고 말해 주었다.

그분은 젊은 시절
일찍 남편을 여의고 고생하면서 자수성가한 분으로,
돈이 들어오면 들어왔지 나가는 꼴은 절대 용납하지 않았다.
얼마나 알뜰히 절약하며 살았던지
건물이며 땅도 많고 현금 또한 많아서
알부자로 소문이 났는데,
친척 중에 사업에 투자하면 큰돈을 벌 수 있다 하여
돈을 빌려 줬는데 잠적한 것이었다.

돈은 에너지다.
에너지는 흐르고 순환해야 탈이 없는데
들어오기만 하고 나가지는 않으니,
고인 에너지가 어느 쪽으로든
탈출구를 찾아 나가려고 했을 것이다.
만약 에너지가 그대로 있었다면 폭발하여
그분의 삶에 큰 문제를 일으켰을 것이다.

사람은 자신이 감당할 수 있는 에너지가 있다.
그릇의 용량을 초과하는 에너지를 담으면
그릇이 깨지고 마는 것처럼
자신의 한계를 넘어선 돈 에너지가 모이면
몸에 병이 나거나 사고가 나는 등
문제가 생기는 것이다.

이런 이유로
친척분이 기꺼이 당신을 위해 그 돈을 가져가 준 것이니,
당연히 고마워해야 한다고 했다.
처음에는 반신반의하던 그분이
"아무개님, 돈을 가져가 주셔서 감사합니다."
하며 외우기 시작했는데,
처음에는 마음을 싣지 않고 하다가
점점 감정이 복받쳐서 소리를 지르기 시작했다.
소리 지르고 울고를 몇 시간이나 반복하더니,
목소리가 편안해지면서
이제 다 알겠다고, 감사하다 하고는 갔다.

울분의 마음 에너지를 쏟아내고 나니

마음의 눈이 열리면서
왜 자신에게 그런 일이 일어났는지
마음으로 알게 된 것이다.

이 우주는 의식체로서 마음 에너지로 되어 있다.
따라서 삶 속에서 일어나는 모든 일은
에너지의 흐름이다.
삶 속의 에너지가
흐르지 못하고 갇혀서 문제를 일으키게 될 것 같으면
그 에너지가 스스로 탈출구를 찾아서 배출된다.
에고의 눈에 문제처럼 보이는 사건이
오히려 더 큰 문제를 방지하기 위한
우주의 배려인 것이다.

삶에서 돈을 잃게 되는 또 한 가지의 경우는
더 큰 선물을 주기 위해
우주가 일시적으로 작은 것을 내려놓게 할 때이다.
더 큰 에너지의 흐름에 동참하게 하려고
작은 돈 에너지에 대한 집착을
내려놓도록 하는 것이다.

손에 든 빵을 내려놓아야 다이아몬드를 주울 수 있는데,
욕심 때문에 빵을 놓지 못할 때
우주가 억지로 빵을 빼앗는다.
이때도
에고의 눈에는 빵만 보일 뿐 다이아몬드가 보이지 않기에
돈을 잃은 현실에 고통스러워한다.
진실로 말하건대,
삶에서 일어나는 모든 일은
그대를 보호하고 더 큰 축복을 주기 위해 일어난다.

흐르는 에너지도 서서히 증가해야 부작용이 없다.
홍수가 나서 갑자기 물이 불어나면 댐이 무너지듯이
급격한 돈 에너지 흐름의 증가는
그대에게 부담을 주고 힘들게 할 것이다.

모든 인간의 집중을 받은 탓에
돈의 에너지는 강력하다.
그러니 꾸준히 서서히 증가시켜야 한다.
우주의 흐름을 따르고 욕심을 버려야 안전하다.
욕심을 부리면 화를 당하기 쉽다.

어리석은 자는 삶에서 오는 상황들을 거부하고 저항하지만
지혜로운 자는 삶에서 오는 모든 상황을 받아들인다.
우주의 에너지 흐름에
자기 삶을 믿고 맡기는 것이다.
그럴 때
행운과 풍요의 여신이 따라와 미소 지을 것이다.

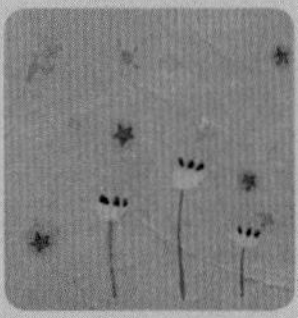

'삶이 고해'라는 말은 틀린 말이다.
삶이 고해가 아니라 마음이 고해인 것이다.
삶이 고통스럽지 않으려면
먼저 그대가 쓰고 있는 마음의 안경부터 벗어라.

# 마음 7

*Mindfulness*

마음챙김 명상에세이

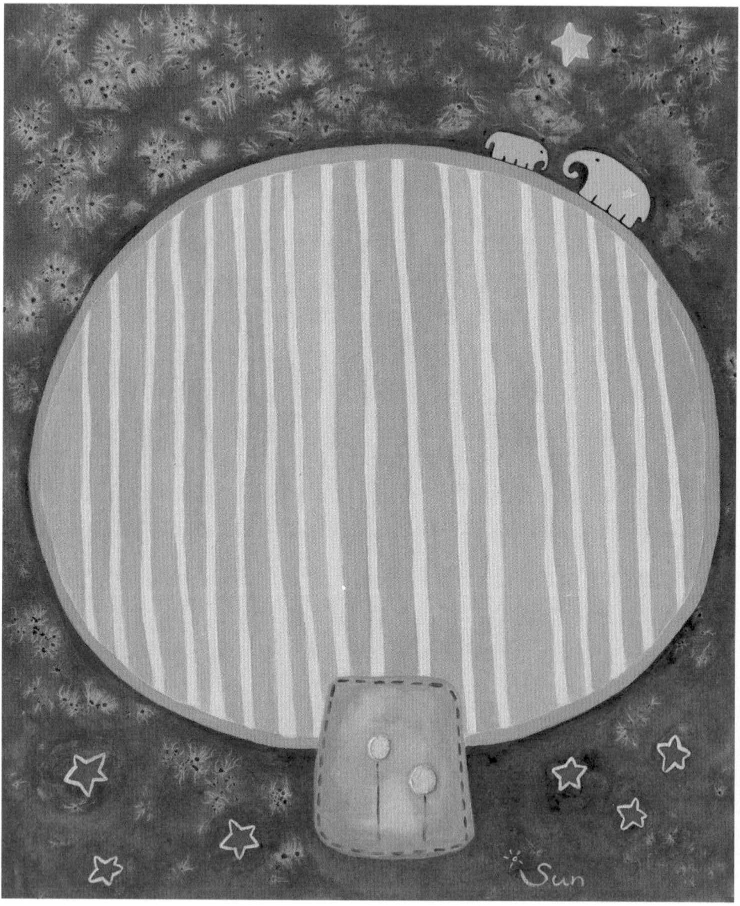


치유나무

## 표면의식과 잠재의식

인간의 의식을 크게 두 가지로 나눈다면
표면의식(혹은 뇌의식, 머리)과
잠재의식(혹은 무의식, 마음)으로 나눌 수 있다.

잠재의식은 가장 깊은 곳에 본연의 자기인 본성이 있으며,
그 본성을 덮고 있는
과거의 경험정보인 관념으로 이루어져 있다.
본성은 순수의식으로,
모든 것을 아는 앎이자 무한 능력으로서 완전함이다.

표면의식은 잠재의식이 생긴 이후에 만들어진 의식으로,
머리의 생각이다.

잠재의식은 시공을 초월하며
개체성이 아닌 전체성인지라 분별심이 없고
삶을 창조하는 의식이다.
표면의식은 시공의 제약을 받으며 개체성으로,
시비분별하고 선악을 판단하는 의식이다.

인간 내면 가장 깊은 곳의 본성은 순수의식으로서
매 순간 표면의식인 뇌로 신호를 전달한다.

많은 사람들은
뇌가 인체의 생명활동을 주도하고
지배하는 것으로 생각하지만
뇌는 잠재의식 속 본성의 신호를 받아서 전달하는
송수신기 역할을 할 뿐
인간의 모든 생명활동을 지휘하는 것은
잠재의식인 것이다.

잠재의식 심연 본성의 신호로서
인간은 인체생명활동을 유지하면서 살게 된다.
심장이 뛰는 것 · 호흡 · 소화 · 배설 등 모든 생명활동은

본성의 신호로써 이루어지고,
죽음이란
뇌가 더 이상 본성의 신호를 받지 못하게 되어
온몸의 기능이 정지된 것을 말한다.

인간이 삶 속에서 하는 모든 선택도
머리가 아닌 본성의 신호를 전달 받아서 하는 것으로,
사람마다 같은 상황에서 다른 선택을 하는 이유는
본성의 신호가 과거 경험정보인 관념을 통과할 때
영향을 받아서 왜곡되는데, 이때
사람마다 관념이 달라서 선택도 달라지는 것이다.

많은 사람들은 표면의식인 뇌가
삶의 매 순간 상황에 따른 선택을 한다고 믿고 있지만
사실은 잠재의식 속 관념이 선택하고 있음을 알아야 한다.

만약에 당신이 딸기 아이스크림을 선택한다면
그것은 머리의 선택이 아닌 잠재의식의 선택인 것이다.
머리의 생각으로는
"나는 딸기를 좋아해." 하고 이유를 붙이겠지만

사실은 과거 기억 속 연인과 함께
딸기 아이스크림을 먹던 행복한 마음이
잠재의식에 저장되어 있어 그 관념이 선택한 것이다.

삶에서 모든 선택이 이와 같다.
인생의 매 순간이 선택의 연속이고
선택이 바뀌면 삶도 바뀐다.
그래서 삶이 바뀌려면 선택이 바뀌어야 하고,
결과적으로는
그 선택을 하는 잠재의식이 바뀌어야 하는 것이다.

잠재의식 속 경험정보인 관념을 지워내서
잠재의식을 본성에 가까이 가도록 하면 할수록
더 완전하고 행복한 삶이 창조된다.

많은 현대인들이 삶을 잘 사는 것은
표면의식인 머리에 달려 있다고 생각해서
학교 공부에 매달리는데,
이것은 진실이 아니다.
삶을 잘 살고 못 살고는

본성의 신호가 얼마나 왜곡되지 않고
뇌의식에 잘 전달되느냐에 달려 있다.
본성의 신호는 잠재의식 속 관념에 의해 왜곡되는 것이니,
관념이 적을수록 완전한 신호가 전달된다.

잠재의식 속에 저장된 경험정보인 관념을 지워서
잠재의식을 본성에 가까이 가도록 만드는 것이 수행이고,
모든 관념을 소거하여 표면의식과 본성이 하나 된 것이
바로 깨달음인 것이다.

나무의 사랑노래

# 마음이란?

살면서 '마음'에 대해 깊이 생각하는 사람은 드물다.
간혹 마음에 대해 말하노라면
살기에도 바쁜데 팔자 편한 소리 한다며
핀잔을 듣기 일쑤다.

하지만 앞으로의 세상은 달라질 것이다.
누구나 마음에 관심을 갖고 마음공부하는
새로운 시대가 오고 있다.
물질과 마음을 함께 다룬 새로운 과학이 대두되면서
마음과 삶의 관계가 증명되었기 때문이다.

이제껏 인간은

의식은 배제한 채
물질만을 과학의 범주에 포함시켜 왔다.
그러나 이제 의식을 과학의 범주에 포함시켜
마음의 존재와 작용을 과학으로 증명한
신과학인 양자물리학이 대두되면서
새로운 시대가 예고되고 있다.

양자물리학자들에 의해
우주는 '양자'라는 물질의 최소단위로 이루어져 있으며,
양자는 의식체로서
관찰자의 의식에 반응하여 행동한다는 것이 밝혀졌다.

첨단 과학에 의해 밝혀진 이 사실이
동양에서는 이미 오래 전에
깨달은 스승들에 의해 밝혀진 내용이다.
진실로 말하건대,
우주는 거대한 의식체로서
인간의 생각에 반응하여 삶을 창조하고 있다.

사람들은 자신의 마음으로 삶을 창조하면서

그 사실을 까마득히 모른 채
자기 삶의 괴로움이
사주팔자 또는 종교에서 말하는 외부의 어떤 신에 의해
좌우된다고 생각하며 신세한탄을 하고 있으니,
참으로 우습기도 하고 안타까운 일이 아닐 수 없다.

오직 마음을 모두 버려야만이
삶의 괴로움으로부터 해방될 수 있다.
앞으로의 시대는
누구나 마음을 버려서
자신이 원하는 대로 삶을 창조하는
마음의 시대가 될 것이다.

마음을 버리려면
마음이 어떻게 생성되는가를 알아야 한다.
마음은 파동하는 에너지로서
살면서 겪은 과거의 모든 경험정보가
몸에 합성되고 저장되어 만들어진다.

마음은 유전인자이기 때문에

부모의 마음도 정자, 난자를 통해 태아에게 전달된다.
그러므로 우리 속에는 조상 대대로 전해져 온
모든 조상들의 마음이 있는 것이다.

마음은 현대 물리학의 파동 원리에 근거한 방법으로
지워낼 수 있으므로
누구나 방법만 습득한다면
자신의 마음을 빠른 시일 내에 버릴 수 있다.

마음이 보이거나 만져지지는 않지만
누구도 마음의 존재를 부정할 수는 없을 것이다.
사람은 누구나 날마다
자신의 마음 속 여러 가지 복잡한 감정들의 변화를
매 순간 느끼면서 살기 때문이다.

사람들은 흔히 외부의 상황 때문에
마음이 일어난다고 생각한다.
예를 들면,
친구와 이별해서 슬프고,
밤에 공동묘지를 지나가서 두렵고,

시험에 떨어져서 우울하고 등등
밖의 상황 때문에 마음이 올라오니
상황이 바뀌어야 마음이 바뀐다고 생각한다.

하지만 이것은 착각일 뿐이다.
친구와의 이별에 슬퍼하는 사람도 있지만,
우울한 사람도 있고 짜증을 내는 사람도 있을 것이다.
부모에게 매를 맞으면 슬퍼하는 사람도 있지만,
화내는 사람도 있고 두려움을 느끼는 사람도 있다.

이처럼 상황 때문에 마음이 일어나는 것이 아니라
그 상황을 인식하는 마음이 어떤 마음이냐에 따라
매 맞는 상황을 슬픈 상황이라고,
화나는 상황이라고,
두려운 상황이라고 각자 다르게 규정짓는 것뿐이다.
즉, 매 맞는 상황은 슬픈 상황도,
화나거나 두려운 상황도 아닌
그냥 매 맞는 상황일 뿐이다.

마음이라는 높은 주파수의 파동 에너지가

현실이라는 낮은 주파수의 파동 에너지를 창조하기에
마음이 현실을 창조하고 있는 것이지,
현실 상황이 마음을 만드는 것이 아니다.

마음이 원인이고 현실은 결과이다.
그래서 현실을 바꾸려면 먼저 마음을 바꾸어야 한다.

예를 들면, 친구와 이별해서 슬픈 마음을 없앤다면
이별이 왜 일어났는지 알게 되면서
더 이상 슬프지 않을 것이다.
삶에서 일어나는 일들 중 나쁜 일이란 없다.
마음에 가려져서 진실이 보이지 않는 것뿐이다.
마음을 버리고 나면
이별은 더 좋은 일이 일어나기 위한 준비였음을 알게 되어
기꺼이 받아들이고 거부하지 않을 것이다.

또한 마음은 에너지라서
일어나게 되면 괴로움이 따른다.
삶의 크고 작은 괴로움은 모두 마음 에너지 때문이므로
마음을 버린다면 더 이상 괴롭지 않을 것이다.

밖의 상황이나 사람이
나를 힘들게 하고 괴롭게 한다는 것은
마음이 만들어 낸 착각이고 망상이다.
마음을 버리면
그 착각과 망상이 거짓이었음을 알게 된다.

누구나 괴로운 마음을 버리고 싶을 것이다.
하지만 그런 방법이 있을까 싶기도 하고,
또한 이제껏 마음을 버리는 일은 아주 어렵고
오랜 시간이 걸리는 일이며
아무나 할 수 없는 일로 여겨져 왔고,
깨달음이니 수백 생 윤회니 하면서
대중들은 접근조차 어려웠던 것이 사실이다.
마음을 버리는 수행은
일부 소수의 종교인들이나
수행자들이 하는 것으로 생각되어 왔다.

하지만 앞으로 이 패러다임은 변하게 될 것이다.
과거에는 마음의 정체를 과학적으로 정확히 몰랐었고
또 어떻게 생성되는지도 확실하게 밝혀지지 않았기에

마음공부를 하는 것이 장님 코끼리 만지는 식이었다.
가르치는 사람도,
배우는 사람도 어정쩡하게 잘 모르면서 했기에
그토록 어려웠던 것이다.

“지피지기면 백전백승”이라는 말이 있듯이
상대를 정확히 알면 알수록 이길 확률 또한 높아진다.
마음의 정체를 정확히 모르는데
어떻게 버릴 수 있겠는가?

하지만 현대는 물리학 · 심리학 등 과학의 발전으로
마음을 과학적으로 설명할 수 있고, 버릴 수도 있게 되었다.
드디어 마음 버리는 방법을
과학으로 설명하는 시대가 온 것이다.

마음은 파동하는 에너지이고,
살면서 경험한 기억들이 파동으로 합성 저장되며,
파동의 상쇄 · 분해의 원리에 의해 소멸시킬 수 있다.
현대 물리학의 파동이론과
칼융의 심리학을 접목시킨 수행원리에 의거한 방법으로

쉽고 간단하게 버릴 수 있는 것이다.

마음을 버릴 수 있는 과학적인 방법의 발견은
마음이 힘들고 괴로워서 고통을 받는 수많은 사람들에게
큰 희망이 될 것이고, 구원의 메시지가 될 것이다.

마음의 정체가 과학으로 증명되는 시대,
참으로 지금의 시대는 마음의 시대이고
인간 의식 혁명의 시대인 것이 분명하다.

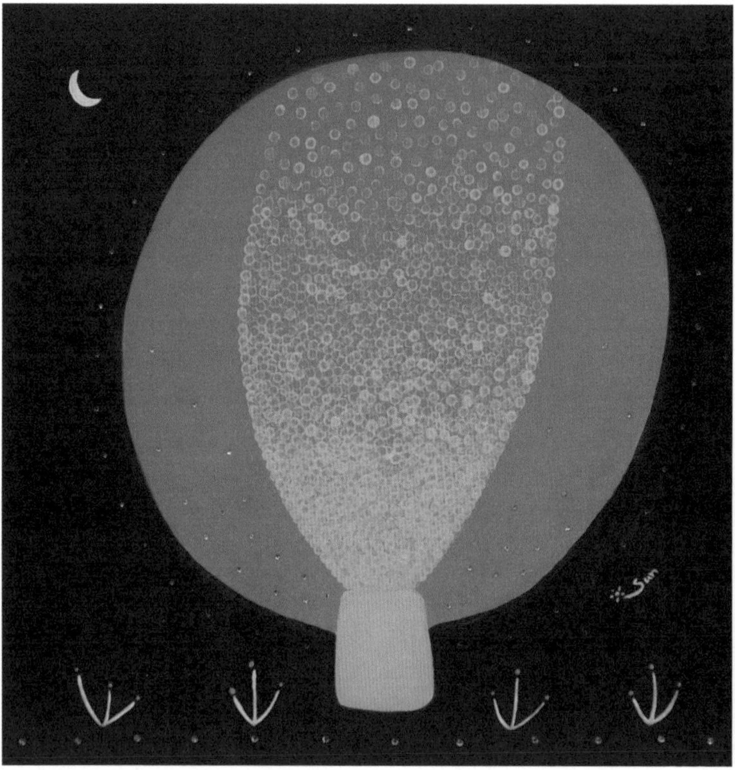

축복나무

## 마음공부

현대인들은 누구나 학교에 가서 공부하면서 성장한다.
늘 머리의 생각을 써 공부했던 습관이 있어서
마음공부를 할 때조차 머리의 생각으로 한다.
마음공부는 머리 차원이 아닌
잠재의식인 마음의 차원에서 이루어져야
제대로 한다고 할 수 있다.

공부란 왜 하는가?
행복하고 성공적인 삶을 살기 위함이다.
삶을 위한 공부이지 공부를 위한 삶이 아니다.
하지만 요즘, 학교에서 하는 공부를 보면
공부를 위해 인생이 존재한다는 느낌이 들 정도로

삶에 도움을 주기보다는
남에게 보여지기 위한, 남을 이기기 위한,
인정받으려는 욕구와 경쟁심만 부풀려진 듯 보인다.

공부란 삶에 도움이 되어야 하는 것이다.
가사공부는 가사를 잘해서
밥도 잘 짓고, 청소도 잘하는 등
행복한 가정을 만드는 데 도움이 되려고 하는 것인데,
시험 점수를 잘 받으려고 책만 암기하고 있다면
실제 삶에서는 별 도움이 되지 않는다.
공부의 목적성을 상실한 공부가 된 것이다.

삶을 잘 살기 위해 공부한다면
제일 먼저 배워야 하는 것이 바로
이 세상과 삶이
왜 이렇게 내 앞에 놓여 있는가를 알아야 한다.
나는 왜 태어났고,
왜 하필 우리 부모 밑에서 태어났으며,
어떤 일을 해야 정말 행복하고,
세상에도 도움을 주는 훌륭한 사람이 될지 등

삶에서 내가 꼭 알고 살아야 할 것들에 대한 공부를
먼저 해야 한다.

또한, 삶 속에서 어떤 일이 일어났을 때
그 일이 왜 나에게 왔는지 알아야 한다.
그래야 삶을 통해 배울 수 있고,
그 배움을 통해 삶이 성장하기 때문이다.

그러면 내가 꼭 알아야 할 삶의 의문들을
어떻게 알 수 있을까?
바로 그것이 마음공부가 필요한 이유인 것이다.
삶 속 문제의 모든 해답은
머리가 아닌 잠재의식 즉, 마음에 들어 있다.
머리로 지식을 습득하는 공부를 통해서는
절대로 알 수 없는 것이다.

오직 잠재의식 내면으로 들어가
마음을 버리고 비울 때
삶의 해답들이 하나씩 드러나기 시작한다.
그래서 잠재의식으로 깊이 들어가 마음공부가 될수록

자신의 삶에 대해 궁금했던 것들을 하나씩 알게 되고,
마음으로 알게 될 때 비로소
삶의 문제들이 현실에서 하나둘씩 해결된다.
환자가 자신의 병이 왜 생겼는지 알면 고칠 수 있듯이
삶의 문제가 생긴 원인을 알 수 있다면
해결할 수 있는 것이다.

잠재의식 가장 깊은 곳의 본성은
모든 것을 아는 '앎'이기에
삶의 모든 문제에 대한 답을 알고 있다.
삶에 문제가 생길 때마다
신호로써 그 문제의 답을 알려주고 있지만
과거 경험정보에 의해 잠재의식이 혼탁해진 까닭에
사람들은 그 신호를 알아차리지 못해
무지하고 어리석은 행동을 하여
삶 속에서 고통을 받는다.

마음공부란
과거 경험정보로 인해 혼탁해진 잠재의식을 맑게 하여
매 순간 본성의 신호를 받을 수 있는

지혜로운 인간이 되는 공부이다.
마음이 많이 닦일수록 본성의 신호를 잘 받기에
더욱더 지혜로워지고 삶을 잘 운용하며 창조할 수 있다.

마음공부는 삶 속에서 이루어지는 공부이다.
흔히들 생각하듯이 산 속에 들어가서 하는,
세상과 사람들을 등지면서 하는 공부가 아니다.
삶의 현장에서 치열하게 삶에 뛰어들어 해야
내가 어느 정도 마음공부가 되었는지
자기 스스로 점검할 수 있다.

삶은 자기 마음이 만드는 진짜 같은 한 편의 드라마다.
드라마의 대본을 고치면 드라마의 줄거리가 바뀌듯이
마음을 버리면 삶 속의 상황도 바뀌고
삶은 더 완전함에 가까이 가게 된다.
마음공부가 깊이 될수록 삶이 괴로움에서 벗어나
삶 속에서 어지럽게 놓여 있던 모든 것들이
하나씩 제자리를 찾아가기 시작할 것이다.

마음공부는 머리공부와 달리

선생님 역할을 하는 누군가가
몇 점이라고 채점해 주지 않는다.
그렇다고 본인 스스로
내 마음공부 점수가 몇 점이라고 채점한들
제대로 된 평가가 아닐 것이다.

오직 삶을 통해서만이 얼마나 공부되었는지 알 수 있다.
삶 속에서
나와 인연이 되는 사람들과의 부딪침과 마찰이 사라져서
평화롭고 행복해지며,
삶의 부족한 부분이 원만하게 해결되어
더 이상 바랄 것이 없는 삶이 지속되고 있다면
마음공부가 잘 되고 있다는 증거로 봐도 무방하다.

많은 사람들이
삶을 가장 직접적으로 확실하게 바꿀 수 있는 것이
마음공부라는 사실을 모르기에
머리공부에만 매달려 애꿎은 생각만 혹사시키고 있다.
앞으로 이 진실이 알려지면
더 이상 머리공부로만 행복해질 수 없음을 알게 되어

마음공부를 통해 삶을 바꾸게 될 것이다.

마음을 버리면 버릴수록 내면의 '참나'에 가까워져
삶은 완전성을 향해 나아갈 것이고,
에고는 점점 더 만족하게 되어 욕망이 줄어들 것이다.
마음이 완전히 비워지면
'나'라는 에고가 더 이상 존재하지 않아
일체의 욕망과 번뇌가 사라지고
모든 것이 있는 그대로 완전함이 될 것이다.
이 세상이 완전함을 알게 되고
모든 존재들이 사랑으로 나타났음을 알게 될 것이다.

이제 그대는 삶과 죽음을 초월하여
무한하고 영원한 우주와 하나 된 것이다.
모든 것의 근원인 불멸의 사랑이 된 것이다.
세상은 그대를 '깨달은 자'라 부를 것이다.

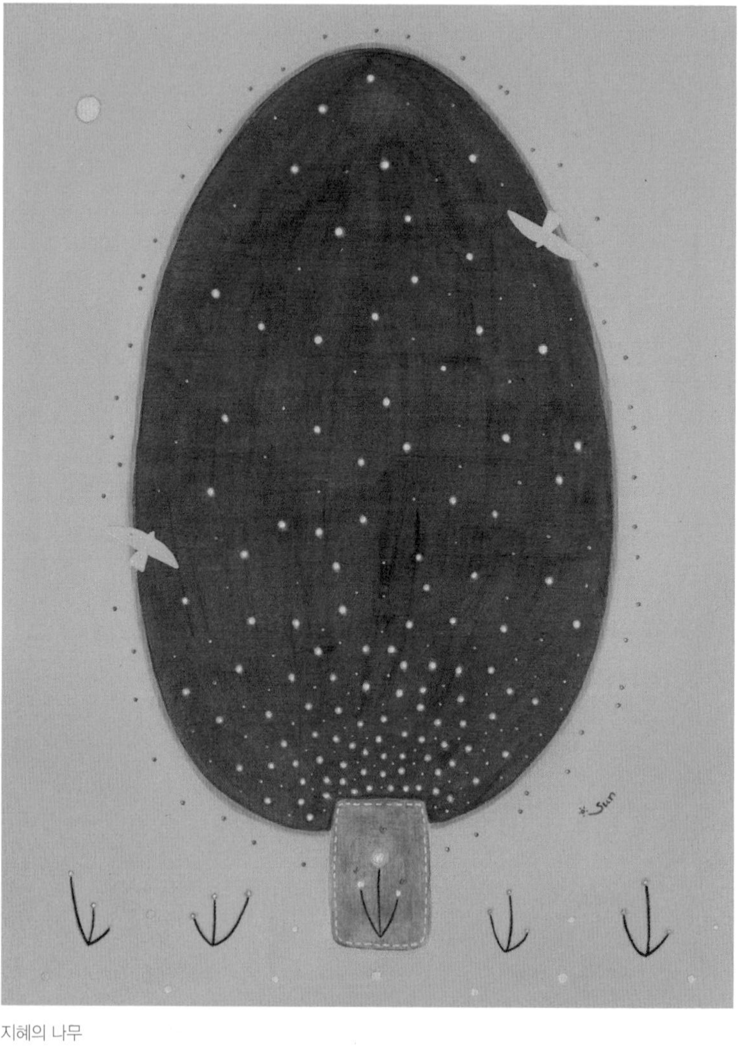


지혜의 나무

## 인간의 관념

'관념'이란 세상을 보는 마음의 틀로,
사물을 보는 기준 잣대의 역할을 한다.

사람은 육체의 눈과 더불어
제3의 눈이라고 할 수 있는 마음의 눈이 있다.
육체의 눈은 사물의 형상을 보지만
마음의 눈은 형상 너머의 본질을 본다.
육체의 눈은 부분을 보지만 마음의 눈은 전체를 본다.
육체의 눈은 환상을 보지만 마음의 눈은 진실을 본다.

사람이 '본다'고 할 때
눈만이 아닌 마음으로도 보는 것이고,

실제 본 것을 판단하고 평가하는 데 작용하는 것은
마음의 눈이다.

마음의 눈이 열린 정도는
그 사람이 얼마나 상황을 정확하게 보고 판단할 수 있는
지혜로운 사람인가를 결정한다.

마음의 기준 잣대인 관념이 강할수록
왜곡된 마음으로 보기 때문에
있는 그대로의 사실을 보지 못하여 그릇된 선택을 한다.
관념이 없는 사람일수록
더 정확하게 사물을 볼 수 있어
올바른 판단과 선택을 할 수 있다.

초등학교 교과서에
「모자 철학」이라는 영국인이 쓴 수필이 있었다.
거기에 보면
인간의 관념이 무엇인지 잘 나타나 있다.
모자 만드는 사람은 한 인간을 평가할 때
모자의 종류와 사이즈 등

어떤 모자를 썼느냐가 그 기준 잣대가 된다.
구두 만드는 사람은
인간의 평가 기준이 구두에 따라 달라지고
발 사이즈가 중요한 기준 잣대가 된다.

이처럼 인간을 비롯해 세상사 모든 것을 평가하는
중요한 기준 잣대가 존재하며,
그 잣대는 사람마다 다르다는 것을
이 글은 말해 주고 있었다.

한 인간을 종합적으로 볼 때
개성과 성격, 재능, 외모, 능력 등
수많은 요소가 있음에도 불구하고
자기의 평가 기준 잣대가 되는 관념으로 인해
그 사람의 모든 것을
평가, 판단해 버리는 오류를 범하는 것이다.

관념이 적은 사람일수록
사물에 대한 평가에 있어서 왜곡이 덜하다.
조금 더 진실을 볼 수 있는 눈을 가졌기 때문이다.

마음공부란 알고 보면
자신이 가진 마음의 틀, 기준 잣대인 관념을 버리는 것이다.
이렇게 관념을 버리면
세상을 바라보는 마음의 눈이 열리면서 확장된다.
마치 좁은 창문을 통해 세상을 보다가
창문이라는 틀을 떼어 내고 보는 것과 같다.

관념을 버릴수록
의식이 확장되면서 의식 수준이 높아져
어떤 상황이나 사물을 인식할 때
더 폭넓고 깊게 전체적으로 볼 수 있게 된다.
사물의 이치에 더 밝아지고 지혜로워지는 것이다.

똑같은 상황을 보아도 의식 수준이 올라감에 따라
더 명쾌하고 뚜렷하게 보여서
지혜롭게 대처할 수 있다.

선생님은 단순히 공부를 가르치는 것뿐 아니라
학생들이 자신의 적성을 찾아서 진로를 결정하고,
앞으로 삶을 어떻게 살아야 할 것인가에 대해

조언하고 도와주는 역할을 해야 좋은 선생님이다.
그런데 선생님이
학생은 공부를 잘해야 한다는 관념을 갖고 있으면
학생을 평가 판단할 때 오직 성적만을 보고
그 학생의 모든 것을 판단해 버릴 것이다.
다른 여러 가지 장점이 있음에도 불구하고
그런 부분들은 전혀 보지 못하니,
학생의 인생에 큰 도움을 주기는 어려울 것이다.
반면, 공부에 대한 관념이 없는 선생님은
학생들을 평가할 때
성적 이외에도 각자 잘하는 여러 가지 면을 보면서
전체적으로, 입체적으로 평가할 것이니
더 정확하게 판단하게 되어
학생의 삶에 더 많은 도움을 줄 수 있을 것이다.

관념으로 판단하며 세상을 사는 것을
'장님이 코끼리 만지는 것'에 비유할 수 있다.
등 쪽을 만져 본 장님은
넓고 평평한 것이 코끼리라고 할 것이다.
다리를 만져 본 장님은

코끼리는 기둥이라고 할 것이다.
코를 만져 본 장님은
기다란 호스가 코끼리라고 할 것이다.
이렇게 전체를 보지 못하고 부분만 보고 전체를 평가하면
진실이 심하게 왜곡될 수밖에 없다.

이처럼 관념이 심한 사람은
세상의 진실을 그만큼 왜곡해서 보고 있는 것이다.
왜곡된 세상을 보면서 삶의 상황에 대처하니
잘못된 선택과 판단을 할 수밖에 없고,
그에 따른 고통을 당하게 되는 것이다.

삶이 고통스럽지 않으려면
먼저 그대가 쓰고 있는 마음의 안경부터 벗어야 한다.
빨간 안경을 쓰고 있으면 빨갛게 보일 것이고,
파란 안경을 쓰고 있으면 파랗게 보일 것이다.
안경의 색깔이 사라질수록 세상은 더 뚜렷하게 보이고
안경을 벗으면 진실한 그대로의 세상이 보일 것이다.
세상을 보는,
마음의 눈을 왜곡시키는 관념을 버리는 것이

마음공부이다.

참된 마음공부를 하면
세상을 보는 눈이 점점 올바르게 되어 행복해진다.
정확한 판단과 선택을 하게 되어 점점 지혜로워진다.
모든 관념을 버려 마음의 눈이 완전히 열리면
그때 비로소
있는 그대로의 진실한 세상이 나타날 것이고
그대는 우주의 비밀을 모두 안 자가 될 것이다.
가장 지혜로운 자가 될 것이다.

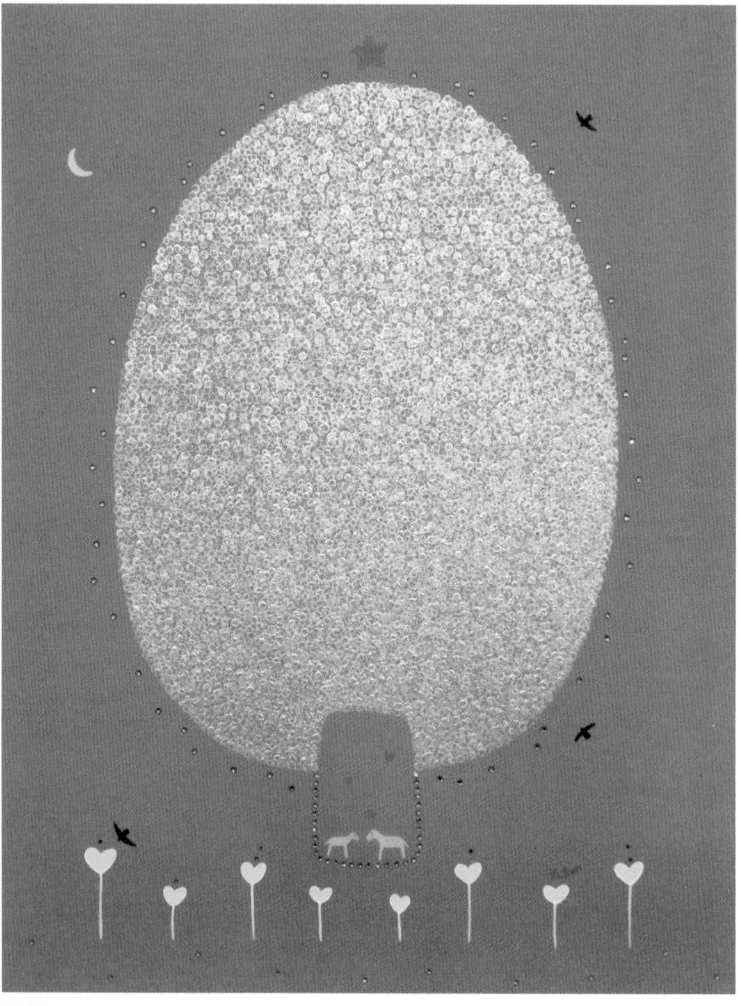
은나무

## 마음이 바뀌면
## 현실이 바뀐다

현실은 마음이 창조해 내는 홀로그램이다.
어떤 마음의 눈으로 보느냐에 따라서 현실도 달라진다.

아버지를 미워하는 마음의 눈으로 보는 사람은
현실에서 미운 아버지가 만들어질 것이다.
아버지를 사랑하는 마음의 눈으로 보는 사람은
현실에서 사랑스러운 아버지가 만들어질 것이다.

이런 마음의 눈은
과거 아버지와의 관계에서 결정된다.
싸우고 미워하는 기억들이 많으면

미워하는 마음의 눈이 만들어지고,
좋았던 기억들이 많다면
사랑하는 마음의 눈이 만들어진다.

잠재의식으로 들어가
그 마음의 눈을 만든 과거 경험정보들을 지운다면
마음의 눈은 변할 것이고,
그에 따라 현실의 아버지도 달라질 것이다.

아버지가 너무 싫어서
결혼도 멀리 타국 사람과 했던 분이
결혼생활이 너무 힘들다고 왔다.
아버지가 싫어서 결혼했더니
이번엔 남편이 속을 썩이고 힘들게 해서
못살겠다고 했다.

부모 자식의 관계는 부부 관계에 큰 영향을 미친다.
배우자를 고를 때 딸은 아빠와 똑같은 남자를,
아들은 엄마와 똑같은 여자를 고르기 때문이다.
머리로 고르는 것이 아닌 잠재의식이 고르기 때문에

머리로는 아빠와 같은 사람은 죽어도 싫다고 생각했지만
잠재의식에는 아빠에 대한 마음파동이 기록되어 있어
그 마음이 배우자를 끌어당기게 되는 것이다.

그래서 아버지와의 관계가 좋았던 딸은
결혼해서 남편과의 관계도 원만할 것이지만
아버지와의 관계가 좋지 않았던 딸은
결혼해서 남편과도 불화할 확률이 높은 것이다.

그리고 그토록 엄마처럼 살지 않겠다고 다짐했던 딸이
엄마와 똑같은 삶을 살 수밖에 없는 까닭은
딸에게 엄마의 마음이 유전인자로 전해지기 때문이다.

결혼생활이 힘들어 마음공부를 하러 왔던 이분에게
먼저 과거에
아버지와 불화했던 기억들 속마음부터 버려야
남편과의 관계 회복이 일어난다고 알려 주고
아버지와 갈등했던 마음을 버리도록 했다.

몇 주 후에

아버지를 만나러 갔던 이분이 깜짝 놀랐다고 한다.
자신의 아버지는
평생 동안 단 하루도 술을 입에 대지 않은 날이 없었고,
폭언에 폭력까지 행사하며
자식들에게 말 한 마디도 잘 건네지 않는 분이었다고 한다.
그런데 아버지에 대한 마음을 버리고 갔더니
자기가 태어나 처음으로
술이 취하지 않은 맨 정신의 아버지를 만났고,
자신의 손을 잡고는 그 동안 미안했다며
눈물을 글썽이는 모습을 보았다고 했다.
그러면서 딸인 자기의 마음이 변했을 뿐인데
왜 아버지가 달라졌느냐고 반문했다.

보이는 현실에서는 아버지와 나는 떨어진 듯 보이나
마음에서는 하나다.
아버지뿐 아니라
내 삶에 나타난 모든 사람들과 하나인 것이다.
따라서 현실에서는
아무리 복잡하게 얽혀 있는 사건이나 인간관계일지라도
무의식인 마음에서는 모두 하나이기 때문에

내 마음만 버리면
아주 단순하게 해결되는 것이다.

사람들은
무수한 인간들이 만들어 내는
복잡다단하고 난해한 사건으로 엮어진 것이 삶이고
삶을 아는 것은 힘들고 어렵다고 하지만
무의식을 안다면
손바닥 들여다보듯 단순하고 쉬운 것이 인생이다.

무의식인 마음이 세상을 창조하고 있다.
무의식은 영화 필름이고 현실은 상영 중인 영화와 같다.
그래서 현실인 영화를 바꾸려면
영화 필름인 무의식을 바꾸면 된다.

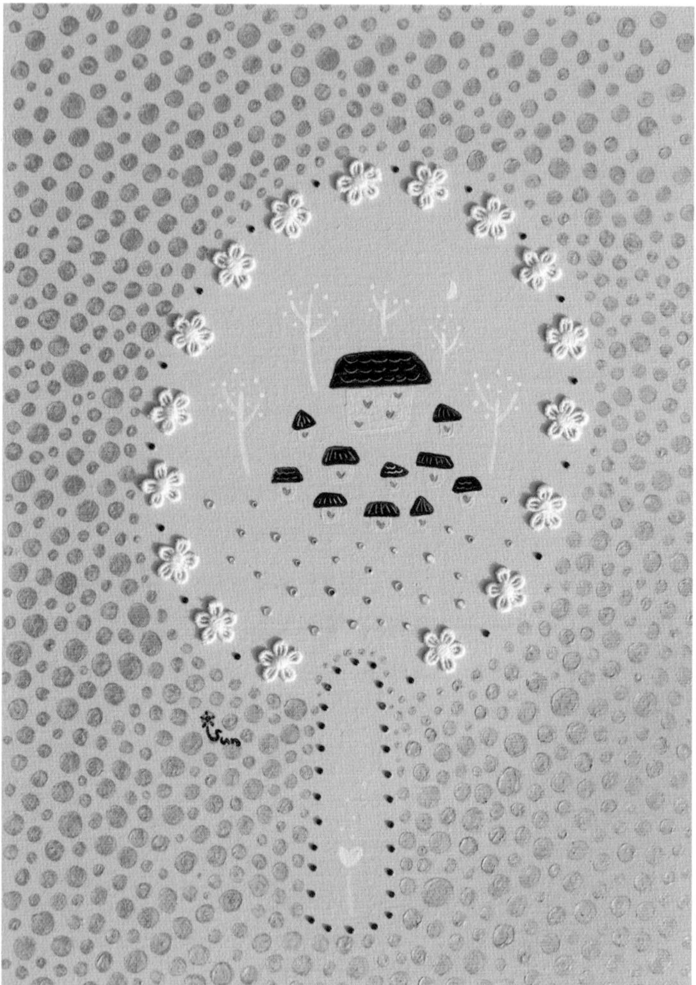

황금마을

## 마음으로 본 세상

삶 속에서
그대가 세상을 향해 무엇을 주고 있는지를 알아야
그대가 세상으로부터 무엇을 받을 것인지도 알 수 있다.
이 세상은 공평하고 완전하여
당신이 준 그대로 되돌려 받기 때문이다.

세상을 죽어 있는 돌더미, 나무더미로 이루어진
물질로만 인식한다면
세상은 불공평하게 보일 것이다.

누구는 힘들게 일한 만큼 대가를 못 받는 것 같고,

어떤 이는 억울한 일을 당한 것 같고,
이기적인 사람이 더 잘사는 것 같고,
약자가 희생당하는 것 같고, …
육체의 눈으로 본 비합리적이고 불공정한 예는
끝도 없이 나열될 수 있을 것이다.

하지만 마음의 눈으로 본 세상은 완벽하다.
당신이 준 그대로 세상으로부터 받을 것이고,
당신이 부르지 않은 것은 결코 오지 않음을 볼 것이다.
그대 삶의 모든 것들은
그대가 불렀기에 왔다는 사실을 뚜렷이 알게 될 것이다.

삶을 뚜렷이 보고 모든 상황을 정확히 인식해
올바른 판단을 하려면
마음의 눈을 뜨는 것이 필요하다.
이 세상은 마음으로 이루어져 있기에
마음의 눈을 뜨고 보아야만
한 점 의혹 없이 사물을 정확하게 볼 수 있는 것이다.

밤낮 없이 힘들게 일해도 돈을 못 벌어 늘 가난한 사람은 잠재의식 속의 돈 버는 것은 힘들다는 관념 때문이다.
그 관념은 돈 버는 것은 힘들다는 마음의 메시지를
우주에 계속 보낼 것이고,
그래서 힘들게 일해야만 돈을 벌 수 있는 상황을
계속 끌어당길 것이다.

부모가 어린 자식에게 항상 한 말이
"누가 너 같은 아이를 좋아하겠니?"였다면
그 아이는 자라서 외롭게 살 것이다.
잠재의식 속에 나 같은 사람은
아무도 좋아하지 않을 것이라는 관념이 심어져
그 마음이 우주에 보내지고 보낸 메시지대로
우주가 현실을 창조하게 될 것이기 때문이다.

마음파동이 우주로 보내지면 우주는 반드시 그 답을
'현실'이라는 상황으로 되돌려 준다.
잠재의식에서는 옳다 그르다, 착하다 나쁘다 등
일체 분별이나 판단이 없기에
오직 마음이 우주에게 보낸 메시지대로
'현실'이라는 답이 창조될 뿐이다.

사업하는 40대 중반의 남자분이 고민이 있다고 찾아왔다.
사업상 대인 관계가 원활하지 않아 고민이라고 했다.
예의 바르게 깍듯이 하는데도 자신을 만난 사람들은
"그 사람은 건방지고 오만하다.",
"사람을 무시한다." 등의 반응이라고 했다.

머리의 생각이 아닌 잠재의식 속에
사람을 무시하는 마음이 있고, 그 무시하는 마음은
과거 타인에게 무시 받았을 때 생긴 것임을 알려 주었다.
부모에게 맞거나 모욕적인 말을 들으며 자란 사람의 경우
이러한 무시당한 열등의식이 잠재의식에 심어져서
대인 관계에서도 무시하는 마음파동을 발산하여
상대로 하여금 무시받은 느낌을 받게 만든다.

삶은 머리의 생각이 아닌
잠재의식 속 마음의 파동이 창조하는 것이므로
마음의 눈이 열려
잠재의식 속 자기 마음을 아는 것이 중요하다.
자기 마음을 알아야 내가 세상에 무엇을 주는지 알게 되어
세상으로부터 어떤 대접을 받을지도 알 수 있기 때문이다.

거꾸로, 세상으로부터 받는 것을 통해
잠재의식 속 자신의 마음을 알 수도 있다.

어떻게 알든 자기 마음 상태를 알아야
현실의 상황을 해결할 수 있다.
현실의 문제를 만든 자신의 마음을 찾아낸다면
그 마음이 생성된 원인인 과거 경험정보를 찾아
버릴 수 있으니, 현실의 문제는 사라질 것이다.
현실의 문제가 더 이상 문제가 아님을 알게 되는 것이다.

마음으로 창조된 이 우주는 마음의 눈으로 보면 완벽하다.
심은 대로 거두고 준 대로 받으며,
원인과 결과의 인과관계가 명확하다.
모든 것이 확실하고 선명하게 드러나게 된다.
오직 마음의 눈이 어두워 사람들이 보지 못할 뿐이다.
물질 세계의 원인이자 뿌리인
마음의 세계를 보고 싶은 사람은
내면으로 들어가 마음의 눈을 열면 된다.
그 곳에 명쾌한 인과의 세상이 있다.
마음이 창조한 세상이 있다.

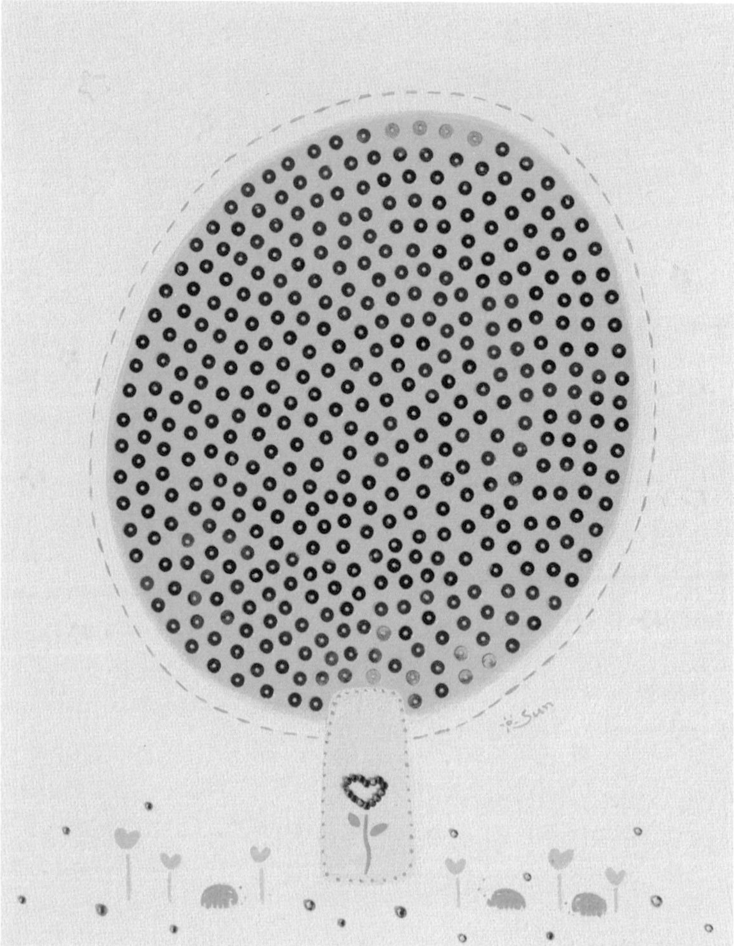

생명의 나무

## 마음이 괴로운 이유

사람들은 마음이 괴로울 때
삶 속에서 그 괴로움의 이유를 찾는다.
우울한 것은 남편이 나에게 무관심해서이고,
짜증이 나는 것은 요즘 돈을 많이 못 벌기 때문이고,
두려운 것은 몸이 아프기 때문이고 등등
외부인 현실에서 괴로움의 원인을 찾는다.
하지만 현실 때문에 마음이 괴로운 것이 아니다.

마음이 현실을 창조한다.
외부는 내부를 비추는 거울이다.
내부인 마음의 결과물이 외부의 현실이기에

마음의 괴로움이 현실 때문이라는 생각은
에고의 거짓된 망상일 뿐이다.

마음은 그 존재 자체가 괴로움이다.
마음은 전기와 같은 에너지이므로
마음자리가 큰 사람일수록
그 에너지에 의해 고통받을 수밖에 없는 것이다.
조그만 외부의 자극에도 쉽게 괴로워하는 사람은
마음 에너지가 커서
그 에너지에 의해 고통을 당하고 있는 것이다.

하지만 마음은 보이지 않는 에너지이기에
사람들은 그 존재를 망각한 채
볼 수 있는 대상인 세상과 사람들을 탓하며
원망하기 일쑤다.

여기, 영화를 보며 울고 있는 한 사람이 있다.
그는 슬픈 영화 때문에 우는 것이 아니다.
그의 마음에 슬픔이 있어서
영화가 슬프게 느껴질 뿐인 것이다.

슬픈 영화란 존재하지 않는다.
슬픈 마음이 슬픈 영화로 느끼는 것이다.

학창 시절 누구나
학교에서 단체기합을 받아 본 경험이 있을 것이다.
단체기합을 받는 상황은
슬픈 상황, 두려운 상황, 분노하는 상황, 우울한 상황 등
어떤 상황이라고 할 수 있는가?
마음에 슬픔이 많은 사람에게는 슬픈 상황일 것이고,
두려움이 많은 사람에게는 두려운 상황,
분노가 많은 사람에게는 화나는 상황,
우울증이 있는 사람에게는 우울한 상황일 것이다.

모든 마음을 벗어버리고 본 이 상황은
그냥 단체기합을 받는 상황일 뿐이다.
삶 속의 모든 상황이 이와 같다.
그 상황을 접하는 사람의 마음에 따라
인식이 달라지는 것이다.
마치 빨간 안경으로 세상을 보면 빨갛게 보이고,
파란 안경으로 보면 파랗게 보이는 것과 같은 이치이다.

안경을 벗으면 될 것을
안경을 쓴 채로 세상이 잘못되었다고
세상을 바꾸려고 하는 것은 어리석음이다.
이처럼 삶 속의 모든 상황에서
자기 마음을 보고 그 마음을 버려야 괴로움이 사라지면서
그 상황이 사실 그대로 뚜렷이 올바르게 보인다.

살면서 보고 듣고 경험한 모든 것은
일체가 '느낌'이라는 파동으로 마음에 쌓이게 되므로
삶 속에서 크고 작은 일들로 인한 마음의 상처가 많을수록
마음 에너지가 무겁고 두터워져서
별 것 아닌 일에도 마음의 괴로움을 크게 느낀다.

"자라 보고 놀란 가슴 솥뚜껑 보고 놀란다."는
옛 속담이 있다.
자라를 보고 놀랐던 경험정보가
마음 에너지로 저장되어 있다가
자라와 비슷하게 생긴 솥뚜껑을 보고도 놀란다는 뜻이다.

이처럼 과거의 놀랐던 경험으로 인한 마음 에너지가 있으면

현실에서 놀라지 않아야 할 일에서도 놀라
괴로움을 겪게 되는 것이다.
과거의 놀랐던 마음 에너지를 제거할 때
현실에서 불필요한 괴로움을 겪지 않을 것이다.

마음을 버리면 삶의 모든 괴로움이 사라진다.
사람들이 흔히 말하는
'삶이 고해'라는 말은 틀린 말이다.
삶이 고해가 아니라 마음이 고해인 것이다.

괴로운 마음으로 본 삶이 고해로 비춰진 것일 뿐,
마음자리를 다 비우고 본 삶은
고통 한 점 없이 지금 여기에
찬란하게 빛나고 있다.

과거 경험정보들이
내 인생의 운명을 창조하고 있다.

# 몸과 마음, 그리고 삶의 치유 8

*Mindfulness*

마음챙김 명상에세이

치유나무

## 삶의 독소를
## 배출하라

사람들은 몸이 아플 때 치료를 받는다.
치료는 외부에서 타인에 의해 받는 것이기에
불완전한 것이다.
인간은 본래 완전한 존재로서
모든 치료를 스스로 할 수 있다.
자기 몸이 아픈 곳을 스스로 치료하는 것을
'치유'라고 한다.

치유는 몸 차원뿐 아닌
마음의 에너지장 차원까지
독소를 배출시켜 주기 때문에 완전하다.

암수술을 받은 환자들은 5년 이내에 재발할 확률이 높다.
발병 원인이 되는 마음 차원까지 깊이 들어가지 못하고
몸 차원에서만 암을 제거했기에
마음에 그 뿌리가 남아 있어 재발하는 것이다.

어떤 병도 근원은 마음 차원에서 시작되기에
몸 차원만의 치료로는 불완전하다.

또한 인간은 완전한 존재라
몸이 아픈 것만 치유할 수 있는 것이 아니라
삶이 아픈 것도 치유할 수 있는 능력이 있다.
삶에서 고통당하는 모든 문제들은
몸을 고통스럽게 하는 병과 마찬가지로
치유할 수 있는 것이다.

몸의 병이나 삶의 문제들은 모두
그 근원 독소가 하나이기 때문이다.
마음의 독소가 바로 그것이다.

사람들은 공해물질이나 식품첨가물 같은 독소에 민감한데,

모든 독 중 가장 독한 것은
인간의 마음이 만들어 내는 마음의 독인
분노, 두려움, 슬픔, 수치심, 죄책감 등
감정의 독소들이다.

미국의 신경생리학자가 연구한 바에 따르면
인간이 분노할 때 나오는 호르몬과
독사의 독을 비교했더니
인간이 분노할 때 나오는 독이
독사의 200배였다고 한다.

이처럼 인간의 감정적인 독소는 그 독이 강하여
몸을 파괴하고 불치 · 난치병을 일으키며
삶에도 갖가지 문제를 일으킨다.

대부분의 사람들은 이런 마음의 독이
인체와 삶에 미치는 영향에 대해 잘 모르는 데다가
또 현대 사회가
인간의 감정을 구조적으로 누르는 시스템이어서
자신의 감정을 잘 다룰 줄 모른다.

무조건 참으면 독이 되니 배출해야 하는데,
타인에게 배출하면 타인도 피해를 당하므로
소변이나 대변 등의 배설물을 방출하듯이
혼자서 감정을 풀어내야 하는 것이다.

스트레스를 받을 때
운동하거나 산에 오르거나 영화를 보면서 울기라도 하면
스트레스가 풀리고 기분이 좋아지는 것은
'스트레스'라는 감정이 배출되었기 때문이다.
감정은 마음 에너지이기 때문에
몸과 마음을 움직이는 행위나 사유를 하면
방출이 되는 것이다.

가장 확실히 배출시키는 방법은
인간의 감정이 독소임을 인식하여
방출하겠다는 마음을 먹고 그 감정을 느끼면서
운동하거나 소리 지르거나 울거나 하면
쉽게, 빨리 발산된다.

감정을 꾹 참고 누르고 사는 사람들일수록

육체적 · 정신적 병에 걸리기 쉽고,
삶에도 여러 가지 문제가 일어나기 쉽다.

그렇다고 감정을 주위 사람들에게 분출하면
그 에너지는 독소이기에
주위 사람들의 에너지장을 병들게 하므로
그들이 나를 싫어하고 떠나게 된다.
늘 화내는 직장 상사나 아버지,
항상 우울한 부인이나 동료를 누가 좋아하겠는가!
참지 말고,
그렇다고 주위 사람들에게 풀지 말고
적당한 방법을 찾아서 발산하고 해소해야 한다.

또한 감정은 바이러스와 같아서 주위로 퍼져 나간다.
주부가 우울증이면 온 가족은 우울하다.
심지어 집안의 분위기도 다른 집과 전혀 다른
우울함으로 가득하다.
세상 모든 것이 에너지이기에
인간뿐 아니라 집에도 에너지장이 있어서
그 집에 사는 가족들의 마음파동이 합성되어

공명하는 것이다.

유태인의 교육법을 다룬『탈무드』에 보면
어린아이를 양육할 때
아이들이 감정을 충분히 배출할 수 있도록
부모가 받아주라고 가르친다.
짜증을 부리면 충분히 받아주고,
울면 실컷 울 수 있게 하라는 것이다.
그렇게 하지 않으면
아이가 정서적으로 불안하고, 짜증이 심하고,
사회성이 부족한 사람으로 성장한다고 말하고 있다.
감정의 충분한 배출을 통해 몸과 마음이
건강하게 자랄 수 있음을 말하는 것이다.

우리 사회는 어떤가?
아이가 울거나 짜증 부리면 부모가 화를 내면서
뚝 그치라고 윽박을 지르기 일쑤다.
어른들의 상황은 더 심각해서
아예 사회 분위기 자체가
자신의 감정을 솔직히 표현하면 미성숙하여

점잖지 못하거나 격이 떨어지는 사람쯤으로 치부하며
감정을 표현하지 못하게 한다.

그렇게 참고 살다 보니
술을 마시면 그 동안 참았던 감정이 폭발하여
여러 가지 문제를 일으키기도 하고,
조금만 스트레스를 받으면 치밀어 오르는 화를 못 이겨
가까운 사람을 폭행하거나 살인까지 하는 것이다.

소변, 대변이 몸의 배설물인 것처럼
감정은 마음의 배설물이므로 억제할 수 없는 것이다.
참다 보면 언젠가는 터질 날이 오게 되고, 그렇게 되면
그 동안 살면서 참았던 것이 한꺼번에 터지면서
심각한 부작용을 일으키게 되는 것이다.

평상시에 자신이 느끼는 감정의 정체가
나를 파괴하는 독소인 줄 알아서
적절히 배출하고 살면
그보다 더 좋은 힐링은 없을 것이다.

정화의 나무

## 감정이라는 독소가 삶에 미치는 영향

감정은 독소이므로 몸과 마음을 병들게 하고
삶에도 여러 가지 고통스러운 문제를 일으킨다.
몸과 마음의 병은 모두 감정 독소가
삶에서 적절히 배출되지 못하고 쌓이기 때문에 생긴다.

스트레스나 분노가 많이 쌓이는
우리나라 40~50대 남성들의 경우 간 질환이 많다.
근심 · 걱정 · 두려움은 신장에 주로 쌓여서
신장병을 일으키고,
슬픔이나 외로움은 폐나 기관지에 병을 일으킨다.
배신감은 갑상선 질환을,

놀람 · 불안 · 긴장 · 증오심은 심장병을 일으킨다.
이처럼 모든 병의 근원은 마음이다.

특히 이름을 알 수 없는 불치 · 난치병은
아주 뿌리 깊은 감정의 독소로 인하여 생긴다.
예를 들면, 파킨슨병은 주 증상이 강직과 진전인데,
파킨슨병을 일으키는 감정의 독소는 분노와 두려움이기에
분노와 두려움이 갖는 특성을 그대로 나타내고 있다.
사람이 분노할 때 부들부들 떨고,
너무 두려우면
몸이 얼음처럼 굳어 버리지 않는가 말이다.

우울증이나 공황장애,
강박증 등을 비롯한 모든 마음의 병도
육체의 질병과 마찬가지로
감정의 독소 배출이
원활하게 이루어지지 않아서 오는 질환들이다.
이런 마음의 병들은
삶 속에서 감정을 잘 배출시킬 수 없는 환경일 때 잘 걸리고,
부모가 가진 병들이 마음으로 유전되기도 한다.

감정 독소는
삶에서 여러 가지 고통스러운 문제를 일으키는데,
그 첫 번째가 대인 관계이다.
부부 사이, 부모 자식 사이, 직장 동료 사이 등
대인 관계에 가장 치명적인 독소가 '분노'다.

분노의 감정은
대부분 자신이 무시받았다는 열등감에서 비롯되는데,
열등감은 자라면서 부모나 주위 사람들에게 무시당한
경험정보가 쌓여서 생긴다.
열등감이 심하면 조그만 일에도 화를 내게 되고
특히 가까운 가족이나 친척, 동료 등
주변 사람들에게 분노를 풀게 되므로
대인 관계에 치명적이다.

부부 싸움을 하고 나면 꼭 그 화풀이로
엄마에게 맞고 자란 한 남자가
열등의식이 너무 심해서
아내가 말대답만 해도 무시하는 것 같아 폭력을 휘둘러
이혼까지 하게 된 경우도 있다.

열등의식은 이처럼 자라면서
폭력, 폭언에 노출된 사람일수록 더 심하고
그 감정은 온전한 가정조차 유지할 수 없게 만든다.

범죄인의 경우도
열등의식에 의한 충동적인 분노가 조절되지 않아서
무의식적으로 범죄를 저지르는 경우가 많기에
감정 독소가 사회적으로도
많은 악영향을 끼치고 있는 것이다.
모든 사람들이 자신의 감정을 독소로 인식하여
적절한 방법으로 배출할 수 있다면
가정폭력을 비롯한 학교, 사회 전반에 걸쳐
많은 변화가 일어날 것이다.

감정 독소가 삶에 영향을 미치는 두 번째는
경제적인 상황을 나쁘게 만든다는 것이다.
돈은 에너지이기에 순환해야 한다.
물이 흐르듯이 에너지는 흘러야 부작용이 없다.
에너지가 흐르지 않고 고여 있으면 폭발하게 되어
삶의 여러 부분에서 문제를 일으킬 것이다.

감정 독소는 에너지의 흐름을 차단한다.
인간 삶의 여러 가지 문제들은 모두 삶 속에서
에너지가 원활하게 흐르지 못해 일어나는 것이다.
특히 분노와 두려움은
돈 에너지의 흐름을 방해하여
고인물이 썩듯이 부작용을 일으키는데,
그 결과로 들어오는 돈 에너지를 차단할 것이다.
분노와 두려움, 특히 돈과 관련한
삶 속의 분노와 두려움 에너지를 배출시키면
막힌 에너지 흐름이 뚫리면서
돈이 당신의 삶에 흐르게 될 것이다.

그대가 우주고 삶이다.
그대 안에 있는 감정 독소들이 온몸 곳곳에 기혈을 막아서
에너지의 흐름을 차단하고 있다면
삶과 우주가 병들어가고 있는 것이다.
그대 안에 있는 감정 독소들을 모두 배출하여
기혈을 뚫어 우주를 청소하라.
그리하면 당신의 병든 몸과 마음이 건강해지고
삶 속에는 사랑하는 이들과 돈 에너지가 흘러넘칠 것이다.

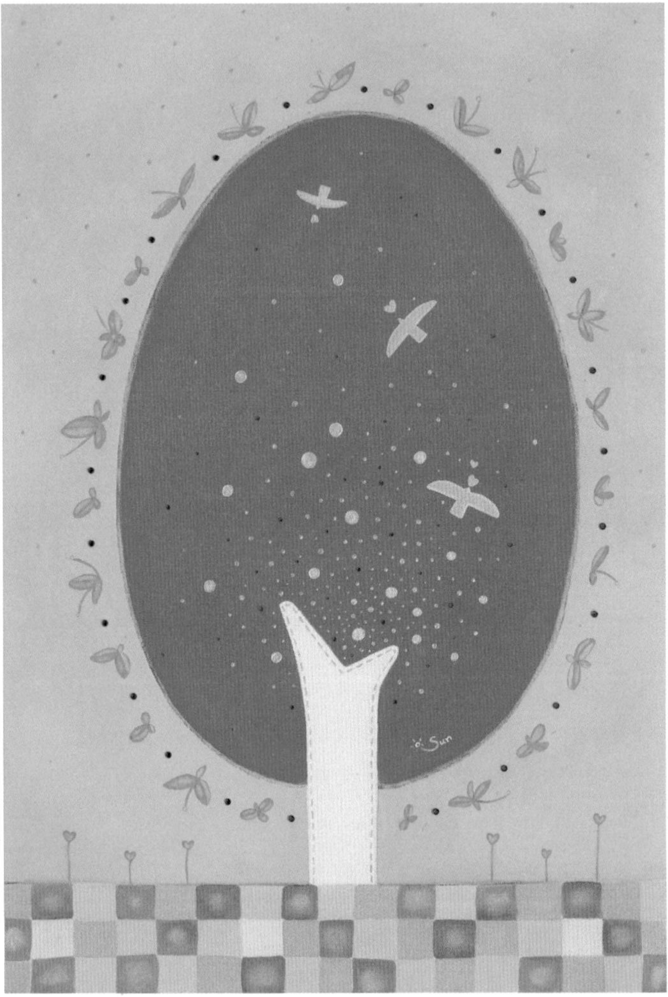


자연의 노래

## 자연을 닮은 삶이
## 행복한 삶이다

자연스러운 삶이 가장 행복한 삶이고
태어난 보람이 있는 성공적인 삶이다.

인간은 자연을 보고 배워야 한다.
물은 높은 곳에서 낮은 곳으로 흐른다.
자신의 힘을 보이기 위해
굳이 낮은 곳에서 높은 곳으로 솟구쳐 흐르지 않는다.

인간만이 자신을 드러내고 과시하지 못해 안달이다.
"모난 돌이 정 맞는다."는 옛 말이 있다.
자신을 과시하면 할수록 그대는 점점 힘들어진다.

그대가 강하고 뛰어나며 빛나는 존재가 될수록
많은 사람들의 표적이 되고,
그대를 원하는 많은 사람들로 인해
자신만의 삶을 누리지 못할 것이다.

들에 핀 들꽃은 화려한 장미를 부러워하지 않는다.
장미는 아름답고 화려하나 그로 인해
사람들의 손길이 닿기 쉽다는 것을 알기 때문이다.

왜 그대 자신에게 만족하지 못하는가?
물처럼, 바람처럼 우주의 흐름에 자신을 맡겨라.
한 송이 들꽃처럼 그냥 자신의 삶에 만족하라.
그렇게 자연스럽게 살아야 그대의 삶이다.
다른 사람의 흉내를 내는 삶이 아닌
오직 그대만의 삶이 행복한 삶이다.

대부분의 사람들이
세상의 인정과 칭찬을 받기 위해 더 나아지려 노력하고,
다른 사람들을 흉내 내며 모방하는 가짜 삶을 살고 있다.
집단 최면에 걸린 삶을 사느라

자신만의 삶은 없어지고 가짜 삶만이 남았다.

가짜 삶을 살면 만족이 없다.
그림의 떡은 아무리 보아도 배부르지 않기에
아무리 그럴 듯해도 가짜가 사는 삶은 공허하고
참된 행복이 없는 삶이다.
이 세상 오직 하나뿐인 나만의 삶을 살아야
가슴이 뛰고
온몸의 세포가 환희로 빛나며
우주와 하나 된 삶을 산다.
그때 그대에게 있어 삶은 감동이 되고
오직 기쁨으로만 존재할 것이다.

물이 흐르다가 바위를 만나면 비켜서 흘러간다.
마당의 자갈들은 인간이 무수히 밟고 지나가도
그저 묵묵히 제자리를 지키고 있다.
어떤 불평이나 불만도 없이 그저 받아들인다.
아무런 불평 없이 제 위치를 지키는 자연처럼
인간도 삶 속에서
자신에게 주어진 상황이나 조건에 순응할 수 있어야

자연을 닮은 삶이다.

억울하다, 공정하지 않다는 생각을 해 본 사람 있느냐고
세상 모든 사람들에게 물어본다면
아마 모두가 손을 들 것이다.
나만 억울하고, 당한다는 생각이 있는 것이 아니라
모든 에고는 각자 자신의 입장에서 다 억울하다.
에고는 오직
자신의 입장에서밖에 생각하지 못하기 때문이다.

마음이 열린 자의 눈으로 보면
이 세상은 공평하며 완전하다.

에고의 불완전한 눈으로 볼 때에만
불공평하며 불완전하게 보일 뿐이다.
세상은 이미 완전한데
자신의 눈이 불완전한 줄 모르고
삿대질하고 있는 것이다.
불평하는 그대여, 마음의 눈을 열어라.
빛나고 완전한 있는 그대로의 세상을 볼 것이다.

제 생각이 옳다 여기며,
세상을 향해 거부하고 저항하는 삶은
자연스러운 삶이 아니다.
부자연스럽고 고통이 따르는 불행한 삶이다.
세상을 향해 내 생각을 관철시키려는 삶은
이미 우주의 거대한 흐름으로부터 벗어나 있다.
우주의 흐름을 거슬러 올라가려 하는 것이다.

삶은 그에게 고통을 줄 것이고,
평생 동안 삶과 맞서 싸우던 그는
죽음을 맞이할 때 비로소
삶을 산 것이 아니라 싸웠던 것임을 알고 후회할 것이다.

삶은 오직 사랑으로만 존재하기에
사랑이 아닌 모든 것은
삶이 아니다.

삶과 하나 되어 온몸으로 느낄 때
참된 삶이고,
거부하고 저항하면

분리된 삶이며,
분리된 삶은 가짜인 것이다.

자연스러운 삶은 목적이 없다.
흘러가는 물은 목적지가 어딘지 모른다.
부는 바람도 목적지를 정하지 않았다.
오직
우주의 흐름 속에
자신을 내어 맡길 뿐이다.

삶에 목적이 있을 때
그대는 삶을 즐기지 못할 것이다.
삶은 매 순간 즐기기 위해 존재한다.
삶 자체가 바로 목적이다.
어떤 목적도 없이
이 삶에서 오는 모든 것을 받아들여
사랑하고 감사하고 온몸으로 느끼는 것,
그것이 삶이다.

인간이 삶과 분리될 때 거짓에 빠진 것이다.

인정받기 위해 노력하고,
불평불만으로 저항하며,
목적이 있는 삶을 살 때,
그대는 더 이상 삶 속에 존재하지 않고
삶과 분리되어 있는 것이다.

그렇게 되면
더 이상 삶을 기뻐하지 못하고 만족하지 못한다.
'삶'이라는 사랑 속에 있지 않기 때문이다.
우주의 에너지 흐름에 동참하지 못하고 있기 때문이다.

삶과 분리된 그대여,
내면으로 들어가 마음의 눈을 열어라.
마음의 눈이 열리면
세상이 그대 안으로 들어와 삶과 하나가 될 것이다.
삶과 그대가 둘이 아닌 하나일 때
그때 비로소 완전한 삶의 완성이라 할 수 있다.

별들의 축제

# 운명은
# 존재하는가?

'운명'이라는 것이 존재할까?
많은 사람들이 운명을 믿으면서
삶에서 일어나는 고통스러운 상황들이
자신의 운명이라고 받아들이고 체념하며 살아간다.

젊은 시절에는 '운명'이나 '사주팔자'라는 말을 들으면
운명은 개척하는 것이라고 무시해 버리곤 했을 것이다.
하지만 40세가 넘어 인생의 중반에 들어서면
대부분의 사람들이 운명과 사주팔자를 믿게 된다.
왜냐하면 그때쯤이면
인생이 마음먹은 대로 살아지지 않는다는 것을

알게 되기 때문이다.

나는 결코 원하지 않았는데 병에 걸리고,
자식이 사고를 당하고, 사업이 망하는 등
삶에서 일어나는 여러 가지 일들이
내 힘으로는 해결할 수 없다는 것을 알게 되면서
운명이나 신을 믿게 된다.

대체 누가 내 운명을 만드는가?
그렇게 묻고 있는 그대 자신이
바로 운명의 창조자이며, 자기 삶의 주인이다.

사는 동안 경험한 모든 일들은 무의식에 기록된다.
감정 · 행동 · 생각 · 말 등 일체가 저장되는데,
이것이 살아가는 동안
사물을 대하는 기준잣대가 된다 하여 '관념'이라고 한다.
불교에서는 분별심으로 작용한다 하여 '업식'이라고 하며,
기독교에서는 부모로부터 유전인자로 물려받는다 하여
'원죄'라고 표현했다.
보통 사람들은 이것을 '마음'이라고 한다.

이 '관념', '업식', '원죄'라고 이름 붙여진 경험정보들이
그대의 운명을 창조하고 있다.

예전에, TV의 한 다큐멘터리에 나온 수행자가
자신이 수행자가 된 사연을 소개한 것을 본 적이 있다.
이 수행자는 과거에 미국에서 큰 슈퍼마켓을 했었는데,
매년 결산 때마다 일정 금액의 손실이 있었다고 한다.
원인을 조사하니 손님들이 물건을 훔쳐가는 것이었다.
직원을 더 채용하고 CCTV를 다는 등 노력을 했지만
연말에 또 돈이 부족해 조사해 보니,
직원들이 물건을 빼돌리는 것이 아닌가.
그래서 물건에 바코드를 설치하고 재고 확인을 철저히 하여
이제는 손실이 없겠거니 했더니,
불이 나서 또 일정 금액의 돈이 손실되더란다.
왜 매년 그런 일이 일어나는지 궁금해하던 중
지나가던 수행자가 알려 주는 말이, 과거에
남에게 경제적 손실을 입힌 일이 업으로 작용하여
똑같은 일을 당하는 것이라고 하더란다.
곰곰이 생각해 보니, 자신이 판매원을 하던 당시에
필요 없는 물건을 덤으로 끼워 팔거나

더 비싼 가격으로 팔았던 기억이 나더라는 것이다.
그래서 10년도 더 지난 그 당시 장부를 찾아내어
그 사람들을 찾아가 일일이 사과하고 용서를 받았다.
그랬더니 신기하게도 그 해부터 적자가 나지 않고,
오히려 매상이 2배로 뛰었다고 한다.
그 일을 겪은 후, 삶 속에서 일어나는 모든 일들은 과거에
자신의 경험정보가 만든 마음 때문임을 깨닫게 되어서
마음을 닦는 수행자가 되었다고 이야기하는 것이다.

또 그 다음으로 나온 70이 넘은 할아버지 수행자는
방글라데시에 가서 문둥병 앓는 사람들을 간병하며
고행하는 수행자였는데,
그는 젊은 시절에 6명의 여자를 성폭행했다고 한다.
마지막 여섯 번째 여자와 결혼하여 3명의 딸을 낳았는데,
위로 두 딸은 독신으로 살았고,
막내딸은 수녀가 되어 아프리카에 갔다가
원주민들의 습격을 받고 성폭행을 당해 출혈이 심해져
식물인간이 될 지경으로 다쳤다고 한다.
연락을 받고 딸에게 간 그에게 의사가 전해 준 말은
"딸이 6명의 남자들에게 성폭행을 당했다."는 것이었는데,
그 말을 들은 순간, 자신이 젊은 시절에 저지른 죄과를

딸이 치르고 있다는 것을 마음으로 알았다고 한다.
딸이 자신의 품에서 죽은 후
수행자가 되어 살고 있다고 고백하고 있었다.

이 두 사람의 인생에만 이런 일이 일어나는 것이 아니다.
실제로 모든 사람들의 인생이 이렇게
과거 경험정보인 마음에 의해 반복되고 있다.
다만 사람들이 잠재의식으로 들어가 마음의 눈을 열어
자기 삶을 사유하지 않으니 모를 뿐이다.

이처럼 현실은 과거의 재생이고,
마음으로 들어가 과거를 지울 수 있다면
현실도 바꿀 수 있을 것이다.
굳이 현실에서 과거 업의 대가를 치르지 않아도
마음은 시공을 초월하기에,
잠재의식으로 들어갈 수 있다면
과거의 경험정보를 버릴 수 있을 것이다.

잠재의식으로 들어가 마음을 버리는 것이
바로 마음공부이니, 마음공부가
자기 운명의 주인이 되어 살 수 있는 유일한 길인 것이다.

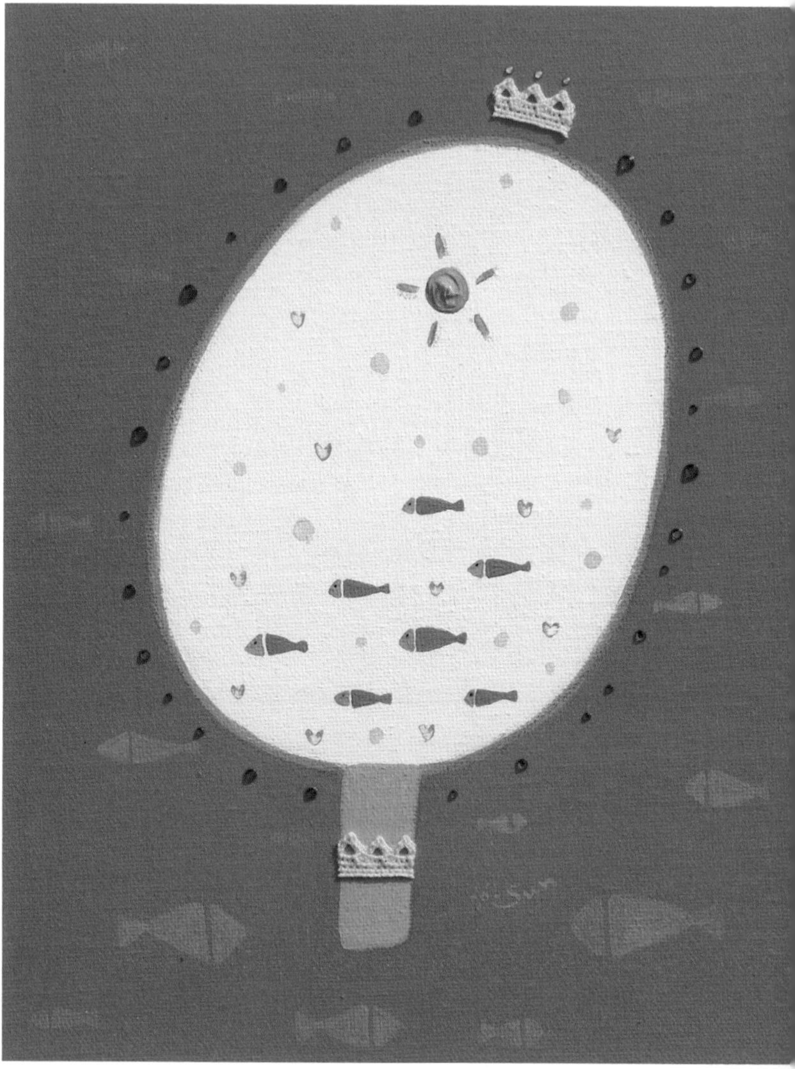

행복한 물고기

# 태교가
# 치유의 기본이다

대부분의 현대인들이
임신 중 태교의 중요성을 잘 모른다.
표면의식인 뇌의식만 인정하기에
아기가 태어나 3~4살이 되어야 생각할 수 있고,
사물에 대한 판단과 지각력도
그때가 되어야 생긴다고 믿고 있기 때문에
태아는 아무것도 모를 것이라고 생각한다.

하지만 이 우주 안의 모든 것은 의식체로서
앎 그 자체이고, 마찬가지로
태아도 이미 뱃속에서부터 모든 것을 알고 있는 생명체이다.

임신 기간 중 산모의 생각과
산모가 주변으로부터 겪는 모든 경험들은 태아의 삶이 되며,
그 삶이 기준이 되어
나머지 인생이 결정되어진다 해도 과언이 아니다.
한 인간의 삶은
태아의 삶인 열 달의 재생이며, 반복이다.

우리 조상들은 태아가 의식체임을 알았고
태아의 경험이 한 인간의 삶을 결정한다는 것을 알았기에
태교를 중시했다.
임산부에게는 좋은 것만 보고 좋은 것만 먹게 했으며,
서운한 마음이 들지 않도록
주위의 모든 사람들이 배려했던 것이다.

현대에는 보여지는 물질만 그 존재를 인정하고
보여지지 않는 잠재의식은
그 존재를 인정하지 않고 살아가는 사람이 대부분으로,
아직 태어나지 않은 태아의 존재를
의식이 있는 생명체로 인정하지 않고 있다.
태아가 모든 것을 알고, 느끼고 있음을 인정하지 않기에

태교에도 신경 쓰지 않는 것이다.

하지만 엄연히 태아는 모든 것을 다 알고 느끼고 있으며,
뱃속에서 느낀 모든 감정과 느낌들은
경험정보로 잠재의식에 각인되었다가
태어나서 삶을 창조하는 재료가 되는 것이다.

뱃속에 있을 때
엄마가 낙태하려고 하다가 태어난 아이는
죽음에 대한 엄청난 공포를 경험하고 태어났기 때문에
삶 속에서 자신에게 다가오는 상황들에 대하여
두려움이 크고 겁에 질린 삶을 산다.

별 것 아닌 것에 대해 심하게 근심 걱정하고
긴장 불안을 잘 느끼며,
심하면 남이 자신을 해치려 한다는
피해망상증에 시달리기도 한다.

자신은 부모가 원치 않았던 존재였다는
존재에 대한 수치심과 열등감도 커서

그 열등감과 수치심을 극복하고 인정받기 위해
열심히 노력하는 삶을 살기에
겉으로 보여지는 삶은 성공적으로 보이는 경우도 많지만
그런 사람들의 경우 내면은 힘들고 괴롭다.

우리나라의 남아선호사상 때문에
아들을 원하는 부모 밑에서 딸로 태어나는 경우도
존재 자체의 수치심과 열등감이 커서
그 성적 열등감을 해소하기 위해 남성들을 이기고,
남성들만의 전유물로 여겼던 다양한 분야로 진출하여
두각을 나타내는 등의 일을 하기도 한다.

또한 부모의 사랑을 받기 위해
부모가 원했던 성별의 모습으로 외양을 바꾸기도 한다.
여성인데 남성의 모습을,
남성인데 여성의 모습을 닮은 사람들은
몸의 성별과 마음이 원하는 성별이 다른 것이다.
그리고 대부분 그런 사람들의 근본 원인은
태아 때 부모가 원하는 성별이 자신이 아니었기에 생긴
마음의 갈등 때문이다.

아들이 아빠를 너무 미워하고 싫어해서
상담하러 온 50대 주부가 있었다.
아들은 눈이 심하게 사시이고,
우울증과 대인기피증도 보였다.
유독 아버지를 무서워하지만
어떤 때는
아버지에게 공격적 성향을 보여서 고민이라고 했다.
이분이 임신했을 당시를 물어보니
남편이 술 마시고 들어와
배를 발로 차고 때린 적이 있으며,
남편을 엄청 미워하고 싫어했다고 한다.
바로 그 경험정보가 태아에게도 그대로 저장되어
아버지를 미워하고 두려워하게 된 것임을 알려 주었다.
이런 경우 태아 때의 아버지에 대한 분노 때문에
눈이 사시가 되고,
두려움 때문에
우울증과 대인기피증이 생긴 것으로 볼 수 있다.

심한 거식 · 폭식증 환자가 왔었는데,
이분도 역시 태아 때 그 병의 뿌리가 있었다.

엄마가 아들을 원했는데 낳고 보니 딸이어서
너무 실망한 나머지 윗목에 밀어놓고
일 주일간 젖을 먹이지 않았다고 한다.
아기에게 젖을 먹이는 행위는 사랑의 충족을 의미하는데,
이때 사랑이 채워지지 않아서
심한 애정 결핍에 걸렸던 것이다.

먹는 행위와 사랑받는 것을 동일시하다 보니
사랑받고 싶은 마음이 올라오면 심한 폭식을 하게 된다.
또한 자신이 사랑받지 못한 존재라는
존재 자체의 수치심이 올라오면
먹는 행위에 거부감을 일으키는
거식증이 되어 버리는 것이다.
내면에 사랑받고 싶은 마음과
사랑 못 받은 존재라는 수치스러운 마음이
갈등을 일으키면서
현실에서 폭식과 거식을 오고가는 것이다.

모든 사람들의 삶 속 크고 작은 트라우마는
전부 태아 때로부터 출발한다.

마음의 상처인 트라우마는
삶 속의 상처를 남기게 마련이고
그것 때문에 괴롭게 살아가면서도
자신의 문제가 무엇인지 알아내지 못한다.
태아 때는 표면의식이 생성되기 이전이기에
기억으로 남지 않기 때문이다.

이런 경우 태아 때의 경험정보는
잠재의식을 열고 깊이 들어가야 하므로
성장해서 뇌의식으로 기억된 경험정보보다
치유하는 데 시간이 더 걸리고 힘이 든다.

현대의 모든 불치 · 난치병의 경우에도
그 뿌리는 태아 때로 보아야 한다.
삶 속의 반복되는 큰 고통의 뿌리도
태아 때로 보아야 한다.
따라서 삶의 큰 상처를 예방하는 것이 태교인 것이다.

한 인간의 삶의 시작점이 태아 때이니,
태교는 가장 중요한 삶의 교육이자 치유라고 할 수 있다.

겨울꽃

## 대인공포증에 대하여

예전에 인터넷에서
30대 일본 남자의 죽음이 화제가 된 적이 있었다.
이 남자의 사망 원인은 타살도, 자살도 아닌 굶주림이었다.
대도시 아파트에서 장애인도 아니고
중증 환자라 거동이 불편하지도 않은 멀쩡한 젊은 남자가
삼각김밥이 먹고 싶다는 유서 한 줄을 남기고
굶어 죽은 것이다.

이 사건이 인터넷에 올라오자 일본 열도는
옆집 사람이 죽어도 모르는 비정한 사회,
인정이 메말라 삼각김밥 하나도 나누지 않는 현대인이라며
자성의 목소리를 높였다.

하지만 문제는 죽은 일본 남자에게 있었다.
충분히 일해서 음식을 사먹을 수 있는
육체적, 지적 능력을 갖춘 사람이었지만
그에게는 대인공포가 있었던 것이다.
어릴 적부터 시작된 대인공포가
성인이 되고 나서는 너무 심각해져서
인간관계가 두려워 직장생활을 할 수도 없었고,
심지어는 삼각김밥 하나만 달라고 말할,
돈을 구걸할 용기조차 없었던 것이다.

이런 대인공포가 있다면
학벌이나 외모 등 다른 어떤 능력들도 다 소용없을 것이다.
요즘 현대인들 중에는
대인공포가 있는 사람들이 점점 증가하는 추세다.

대인공포증은 태아 때부터 유아동기에 이르기까지
잠재의식에 각인된 부모와의 관계에서
그 근본 원인을 찾을 수 있다.

인간이 처음으로 타인과 관계 형성을 하게 되는 것은

아기와 부모와의 관계이다.
이 첫 만남이 사랑으로 무난하게 잘 이루어지면
아기의 잠재의식에
인간관계는 사랑스럽고 좋은 것이라고 각인된다.
하지만 부모와의 첫 만남이
두렵고 슬프고 분노하는 등 괴로움으로 느껴진다면
아기는 인간관계에 대한 공포심을 가지게 된다.

예를 들면, 아기를 임신한 엄마와 아빠가
아기를 환영하고 좋아하며
아기의 존재를 인정해 주고 축복해 준다면
태아는 인간에 대하여 좋은 느낌을 가질 것이다.
첫 인간관계 형성이 잘된 것이다.

태아에게 부모는
세상 모든 사람들을 대신하는 존재로 인식되기에
앞으로 세상에서 만나는 모든 사람들도
부모와 같을 것이라는 기대감이 있게 된다.

하지만 임신한 엄마와 아빠가

아기의 존재를 달가워하지 않고 골칫덩이로 여겨
낙태를 하려고 하거나
아예 존재 자체를 무시하여 인정해 주지 않으면
태아는 인간의 존재에 대해 부정적인 느낌을 갖게 된다.
첫 관계 형성에 있어 큰 트라우마가 생긴 것이다.

처음 만난 사람인 부모가
자기를 사랑해 주지 않았기에 생긴
슬프고 두렵고 화나고 괴로운 마음이
잠재의식에 각인되어 있다가
세상에서 사람을 만날 때마다 그 경험정보가 올라와서
대인 관계를 불편하게 할 것이다.

아기가 태어나 자라면서
사랑을 많이 받아 부모와의 관계가 좋아지면 다행인데,
만약에 자라면서도 부모의 사랑을 못 받고
정신적 · 육체적 학대를 받고 자란다면
그 아이는 반드시 대인공포증에 걸릴 것이다.

인간의 뇌는 부모와 세상 사람을 구분짓지만

잠재의식은 통합의식으로서 구분하는 마음이 없기에
세상 사람들을 대할 때 부모로 투사된다.
이때 부모와의 관계 형성에서 생긴 트라우마가 작용하여
심한 두려움과 거부감을 갖게 되는 것이다.

대인공포증이 있는 사람은
잠재의식 속 인간에 대한 큰 트라우마를 치유해야 한다.
잠재의식으로 들어가 마음의 눈을 열어
자신의 상처를 보듬고 치유해야 한다.

대인공포증은 인간으로 처음 만난
타인인 부모와의 관계 형성이 잘 되지 않아
상처 입은 자아가
고통을 호소하는 소리임을 알아야 한다.

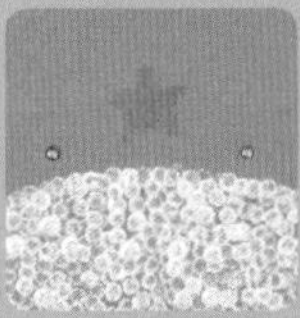

내 마음속 수많은 나를 만나는 곳이 현실이다.

# 성공 9

*Mindfulness*

믿음의 숲

# 믿음

현대인들은 누구나 성공에 대한 열망이 있기에
성공학 서적 한 권쯤은 다 읽어보았을 것이다.
그래서 '믿음'이 성공하는 데 얼마나 중요한지는
설명하지 않아도 대부분 다 안다.

"너 자신을 믿어라.",
"믿음대로 된다.",
"믿음이 모든 것을 이루는 힘이다.",
"믿는 만큼 이루어진다." 등
믿음을 강조한 말들은 누구나 흔히 들어 보았을 것이다.
누구나 믿고 싶다.
하지만 믿으려고 노력해도 잘 되지 않고,

또 조금 믿어지는가 싶으면
와르르 무너지곤 했던 경험들이 있을 것이다.

많은 책들은 믿음이 중요하다는 말은 하지만
정작 어떻게 해야 믿을 수 있는 힘이 생기는지,
왜 사람마다 믿는 능력이 다 다르고
아무리 믿으려고 해도 되지 않는지,
믿음의 방법론에 대해서는 잘 설명하고 있지 않다.

믿음은 머리인 표면의식 차원의 문제가 아닌
마음인 잠재의식 차원의 문제이다.
마음의 문제를 자꾸만 머리 차원에서 해결하려고 하니
잘 안 되는 것이다.

믿음은 노력으로 얻어지는 것이 아니라
저절로 되어져야 하는 것이다.
노력은 머리로 하지만
저절로 되어짐은 마음이 하는 것이기에
마음공부를 통해서만이 얻어지는 능력이
믿음인 것이다.

슬금슬금 올라오는 의심하는 마음을 없애지 않으면
아무리 머리로 믿으려 한들 생각대로 되지 않는다.

인간 내면 잠재의식 가장 깊은 곳에는
본연의 자기인 본성이 존재한다.
본성이 바로 완전한 믿음이다.

믿는다는 말에는 의심도 포함되어 있다.
의심하지만 믿음이 더 강하다는 뜻이다.
보통 "나는 여자다(남자다)."라고 말하지
"나는 여자임을 믿는다."라고 말하지는 않을 것이다.
이처럼 조금도 의심 없는 완전한 확신은 '앎'으로 표현된다.

본성은 완전한 믿음인 '앎'이다.
인간은 누구나 내면에 본성을 지니고 있는데,
사람마다 믿음이 다른 이유는
그 완전한 믿음인 본성을 가리고 있는
'의심'이라는 존재의 크기가 사람마다 다르기 때문이다.

즉, 잠재의식 가장 깊은 곳에 있는 완전한 믿음인 본성을

'의심'이라는 에고가 가리고 있는데,
그 의심하는 놈인 에고가 얼마나 큰가에 따라
믿음의 강도가 결정된다.

따라서 어떤 일을 할 때,
믿으려고 머리로 노력하는 것은
헛되고 부질없는 것이다.
머리 차원이 아닌
잠재의식 차원에서 의심하는 마음을 버릴 때,
저절로 믿어지고 믿음이 강해지는 것이다.

마음을 버리는 것이
완전한 믿음으로 가는 유일한 길이고
삶을 통해 자신의 소망을 쉽게 실현할 수 있는 길이다.
그 길은 외부를 향해 열려 있지 않고
내면을 향해 열려 있다.
밖을 보는 것이 아닌 안을 보는 길인 것이다.

과거 인간은 자신의 소망을 성취하기 위해
외부에서 노력을 경주해왔다.

그 결과 큰 고통을 감수하며 노력했지만
결과는 미미하고 삶은 끝없는 고행길이 되어 버렸다.
이제 사람들은 외부가 아닌 내부, 즉
마음으로 눈을 돌려야 할 때다.
마음을 버려 믿음의 힘으로 현실을 창조한다면
힘들이지 않고 쉽게 저절로 될 것이다.

마음의 작용이나 원리 등을 배워서 마음을 버리는 것을
'마음공부', '수행'이라고 한다.
사람들은 마음을 비우는 수행이라든가 마음공부는
스님이나 신부, 수녀, 종교인 등 특정인이나 하는
특별한 것으로 생각한다.
마음공부, 수행은 삶과 무관한 것으로 알았기 때문에
그렇게 생각했던 것이다.
하지만 삶 속의 모든 창조와 성취는
오직 믿음의 힘으로 이루어지므로
이 삶을 살아가는 모든 이들은
자기 마음에 대해 공부해야 한다.
마음공부를 통해 의심하는 마음을 버리면 버릴수록
삶에서의 모든 성취가 저절로 이루어질 것이다.

햇살 좋은 날

## 진정한 성공

사람들은 무조건 성공하고 싶어한다.
무엇인가 성취하고 얻으면 좋아하고,
자꾸 더 얻으려고 하고,
위로 위로 올라가려고만 한다.

왜 성공하려고 하는가?
물론 행복하기 위해서이다.

지금 그대는 행복한가?
아직 성취가 부족해서 행복하지 않다고 답할 것이다.
더 얻어야 한다고,
더 위로 올라가야 한다고 대답할 것이다.

그럼 언제쯤 행복해질 것인가?
그대는 모른다고 대답할 것이다.
지금 이 순간, 행복하다는 것을 모른다면
그대는 앞으로도 영원히 행복을 알지 못할 것이다.
그렇게 '언젠가 행복하겠지.'라는 생각으로
끊임없이 달려가다가
그토록 원하던 행복은 맛도 못 보고
땅 속에 묻히게 될 날이 올 것이다.

사람들은 그것이 인생이고
삶은 원래 그런 것이라고 한다.

성공이 행복해지기 위한 것이라면
그대가 달려가는 성공의 길이
정말로 행복해지기 위한 올바른 길인지부터
생각해 보아야 한다.

누구나 삶에서 크고 작은 성공을 맛본 적이 있을 것이다.
성공 후에는 잠시의 만족감이 있을 뿐
또 다른 성공의 목표를 향해 다시 달려갔을 것이고,

이제껏 그것이 인생이라고 생각했을 것이다.

그 끝없는 인생의 레이스는 왜 펼쳐지는가?
사랑받고 싶기 때문이다.
사랑받는다고 느껴야 행복한데
자신이 무언가 부족하고 불완전하여
사랑을 못 받고 있다고 느끼기 때문에
'성공'이라는 이름 하에 그렇게 밖으로 달려나가는 것이다.

자신들은 이미 늘 사랑받고 있다는 것을 모르기에
아니, 사랑 그 자체임을 모르기에
늘 타인의 인정과 세상의 칭찬에 목말라한다.

성공을 하나 이루면 세상의 인정과 칭찬이 있기에
잠시 만족을 느끼며 그것이 행복이라 생각한다.
그리고 더 인정받기 위해 또 다른 목표를 정한다.
세상으로부터 사랑받고 있다는 것을 믿지 못하니
늘 사랑을 구걸하고 다니는 것이다.
이런 방식으로는 죽을 때까지
갈증이 가시지 않을 수밖에 없다.

외부로 성공을 추구하는 눈을 돌려
내면으로 들어가야 한다.
그대 내면에 진정한 성공의 길이 있다.
외부의 성공은 잠시의 만족뿐이나
내면의 성공은 영원한 안식과 행복을 준다.

내면의 그대 신성과 하나 되라.
그 길만이 진정한 성공으로 이르는 길이니…….

그대 내면의 신성은 완전함이고 사랑이다.
고요하고 흔들림 없는 평화이다.

외부에서 이룩한 성공은 헛되어
아무리 먹어도 배부르지 않은 음식처럼 만족이 없지만
내부의 성공은 참되기에
더 이상 갈증이 없고 늘 만족하게 된다.
내면의 신성과 하나 되면
그 완전하고 영원한 사랑으로 인하여
더 이상 세상의 칭찬과 인정을 구하지 않게 되고,
그렇게 될 때 타인의 칭찬과 비판에 흔들리지 않는

막강한 인간으로 거듭나게 될 것이다.

그대가 자신의 본성과 하나 된다면
우주의 창조자인 내면의 신성이 바로 자신이고
신성은 모든 것을 사랑으로 창조하고 존재하며
세상 삼라만상이
신성인 나를 통해 나왔음을 뚜렷이 알게 된다.
그렇게 되면 더 이상 원하는 바가 없어
모든 욕망과 갈등이 사라진
진정한 평안에 거하게 될 것이다.

본성과 하나 된 그대는 우주 근원 자리에 들게 되어
스스로 존재하는 자, 완전한 자로 거듭나서
사랑과 지혜의 화신이 될 것이다.

이것이 내면에서 이룩한 진정한 성공인 깨달음이며,
내면의 성공은 반드시
'외부의 성공'이라는 삶 속의 열매로 나타날 것이다.

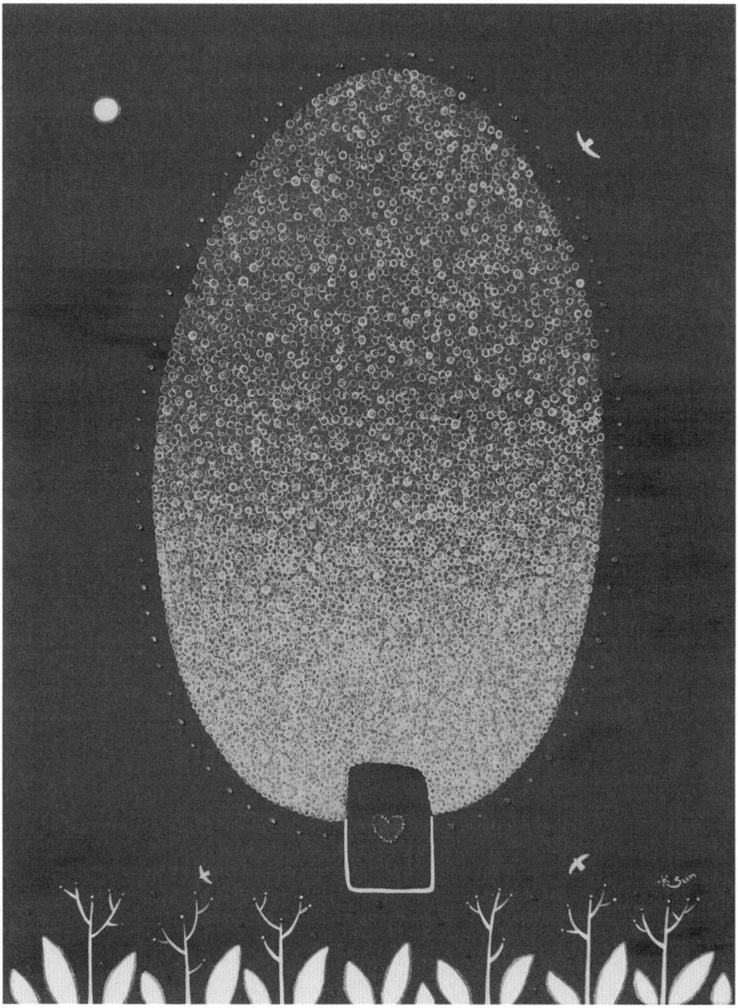

축복의 향기

# 감동으로 설득하라

타인을 설득해서
자신의 의견을 받아들이게 한다는 것은
매우 중요한 일이다.
성공한 사람들은
설득력이 뛰어난 사람이라 할 수 있다.
상대방을 설득할 수 있을 때
돈이든, 명예든, 권력이든 얻을 수 있기 때문이다.

작게는 가족 구성원을 설득할 수 있다면
행복한 가정을 만들고 존경받는 부모가 될 것이고,
직장 상사와 부하 직원을 설득할 수 있다면 출세할 것이며,
온 국민을 설득할 수 있다면 대통령이 될 것이다.

온 인류를 설득할 수 있다면
그는 인류의 정신적인 지도자가 될 것이다.

수천 년 전의 위대한 스승들은
그들이 사라진 지금까지도 경전을 통해
인류에게 가르침을 주고 있지 않은가.
그 사실을 통해 우리는 위대한 설득의 힘을 보게 된다.

그 설득의 힘은 어디에서 나올까?
내면의 사랑에서 나온다.
사랑이 크면 클수록 설득은 점점 더 강해진다.

에고의 자발적 복종을 이끌어 내는 것이 설득이다.
무력과 억압에 의해서 두려움 때문에
겉으로는 굴복하는 척하고 마음으로는 받아들이지 않는다면
그것은 설득된 것이 아니다.
자기 스스로 기꺼이 기쁘게 복종하여 받아들일 때
설득이라 할 수 있다.

인간을 시비분별에 의한 머리의 판단으로는

절대 굴복시킬 수 없다.
오직 마음의 공감과 이해로써만이 설득되어
자발적으로 복종한다.
아무리 논리적이고 합리적이고 유창한 언변으로
자신이 옳다고 피력한들
상대는 절대로 그의 주장을 꺾지 않을 것이다.

왜냐하면 모든 인간은 자기 잘난 맛에 살기 때문이다.
아무리 초라하고 못난 존재라 해도
"너 못났다."라고 말해 보라.
그 사실을 수긍하며 받아들일 사람이 있겠는가.
불같이 화를 내며 반박할 것이다.
바로 그것이
인간이 잘났든 못났든 상관없이
제 잘난 맛에 살고 있음을 말해 주는 증거인 것이다.

자신의 의견 주장이 맞다는 것을 관철시켜야
자신이 잘났다는 것이 증명되니,
모든 사람들이
그토록 자신의 주장을 내세우며 싸우는 것이다.

또한 인간에게 있어서
자신의 주장을 꺾는다는 것은 자아의 죽음을 의미하므로
절대 하기 싫은 것이다.
그렇기 때문에 권력이나 폭압적인 방법으로 꺾으려고 하면
에고는 더 심하게 저항한다.
두려움 때문에 억지로 받아들이는 척할 수는 있어도
진심으로 받아들이지는 않는다.

오직 마음이 열려
상대의 마음을 이해하고 공감해 줄 때
상대가 스스로 마음의 벽을 허물고
기꺼이 내 의견을 수용해 주는 것이다.

어렸을 때 읽은, 나그네의 외투를 벗기려 내기했던
해님과 겨울바람의 동화를 기억하는가?
쌩쌩 부는 겨울바람은 못 벗겼던 외투를
해님은 따뜻한 햇살을 내리쬐어
나그네 스스로 옷을 벗게 만들었다.

모든 설득은 이와 같다.

논리적이고 유창한 언변이 아닌
부드럽고 따뜻한 이해와 공감이
사람의 마음을 열게 만드는 것이다.
인간은 머리의 똑똑함에 감동하는 것이 아니라
따뜻하고 아름다운 마음에 감동하기 때문이다.

오직 감동만이 에고를 굴복시킨다.
감동만이 마음을 열게 하고
감동만이 기쁨을 줄 수 있다.
감동은 사랑이기 때문이다.

미국의 정치인 로버트 케네디가
일본 와세다 대학을 방문한 적이 있다.
그 당시 일본 내에서는 반미 정서가 심해서
로버트 케네디는 학생들의 심한 저항에 부딪혔다.
연설을 시작하려는 케네디에게 학생들은
"양키 고 홈!"을 외치며
신발을 던지고 소리를 지르며 야유를 퍼부었다.
로버트 케네디는 학생들에게 연설은 하지 않겠다고,
노래 한 곡만 부르고 내려가겠다고 말했으나

학생들은 이 말 역시 무시하고 계속 난동을 부렸다.
그러자 로버트 케네디는 노래를 부르기 시작했다.
노래를 부르기 시작한 지 몇 분 지나지 않아
학생들은 노래를 따라 부르기 시작했고,
나중에는 강당이 울음바다로 변했다.
로버트 케네디가 부른 노래는
와세다 대학의 교가였다.
물론 그 날의 강연은 대단히 성공적이었다.

위의 예는 설득의 진수를 보여 주는 이야기이다.
로버트 케네디는 논리가 아닌 감동으로 설득했고,
그것이 가능했던 것은 그의 마음이 열려 있어
학생들의 마음을 공감하고 이해할 수 있었기에
가능한 일이었다.

이처럼 남을 설득하려면
마음이 열려 있어
상대의 마음과 소통하여 감동을 줄 수 있어야 한다.

깊고 큰 감동을 지닌 위대한 설득은

한 인간의 인생조차 변하게 만든다.
『레미제라블』에 나오는 마들렌 신부의 설득이
바로 그 예라 할 수 있다.

그 소설의 주인공인 장발장은
빵 한 개 훔친 죄목으로 17년을 감옥에서 복역했다.
어린 시절, 굶주리는 조카를 보다 못해 훔친 한 개의 빵이
그의 인생을 바꿔 버린 것이다.
몇 번의 탈옥에 점점 늘어난 형량으로
17년이나 어두운 감옥에서 지내야 했던 장발장의 마음은
세상을 향한 원망과 증오로 얼음처럼 굳어졌고,
감옥에서 나온 뒤에는
닥치는 대로 약탈하고 폭력을 휘두르며
세상에 대한 적개심으로 살았다.
그러던 그에게 마들렌 신부가 나타났다.
신부는 다른 사람들과는 달리 장발장에게 친절했으며,
따뜻한 음식과 잠자리까지 제공했다.
그러나 세상을 향한 차가운 마음이 여전한 장발장은
신부가 가장 아끼는 은촛대와 은식기를 훔쳐 달아나다
경찰에게 잡혀서 신부 앞으로 끌려온다.

이제 다 끝이라고 생각한 장발장에게 신부는 말했다.
"이 은촛대와 은식기는 당신이 새사람이 되겠다고
나에게 약속한 대가로 준 것임을 잊지 마시오."
그날 밤, 장발장이 눈 내려 얼어붙은 성당 앞 계단에 앉아
밤새도록 눈물을 흘리는 장면이 나온다.
세상을 향해 얼어붙은 차가운 마음이
신부에 의해 녹고 있음을 보여 준 장면이다.
그 후 장발장은
정말로 새사람으로 태어나 새 인생을 살게 된다.
범죄자가 성자로 거듭나 살게 되는 것이다.
엄청난 감동을 주는 큰 설득은
이처럼 한 인간의 인생도 완전히 변화시킨다.

중국 속담에
"타인을 설득하는 능력을 가진 자는
천하를 얻으리라."는 말이 있다.
참으로 맞는 말이지만
설득을 어떻게 해야 할지가 더 중요하다.
아무리 머리로 내가 옳다는 것을 논리적으로 피력한들
상대는 꿈쩍도 하지 않는다.

오직 그대 내면으로 들어가 마음을 열어야 한다.
마음을 열어 사랑이 나올 수 있다면
그 사랑이 상대를 감동시킬 것이다.
감동할 때 설득 안 될 사람은 없다.

오직 마음이 열려 사랑이 된 자만이
진정으로 인간을 설득할 수 있는 것이다.

별을 사랑한 꽃

## 우주 에너지의 흐름을 타라

그대가 쉽게 물 흐르듯이 저절로 이루어지는
성공적이고 행복한 삶을 살려면
우주 에너지의 흐름을 타라.
우주 에너지의 흐름과 함께할 때
모든 것이 힘들지 않고 저절로 되듯이 느껴질 것이다.

반대로 우주 에너지의 흐름과 역행한다면
엄청 힘들여서 노력하는 것 같은데
되는 것이 없고 부자연스러우며
하는 일마다 운이 따르지 않고 막히는 듯 느껴질 것이다.

이 우주는 마음 차원에서 에너지이기에

에너지 순환의 흐름이 있다.
그 흐름을 동양에서는 '순리'라고 부른다.

우주 안의 모든 것은 완벽하다.
모든 것이 있어야 할 자리에
있어야 할 모습으로 있는 것이다.
불평등하고 모순이 있어 보이는 것은
인간 마음인 에고의 눈으로 본 착각일 뿐
마음 안에서 세상은 완전하다.

마음으로 자기가 있어야 할 자리에서
해야 할 역할을 다하고 있다면
우주 에너지 흐름을 타고 있는 인간이기에
그는 모든 일이 잘 풀리고 감사할 것이다.
하지만 있어야 할 자리에 있지 않거나
자신의 역할을 제대로 하지 못한다면
우주 흐름에 역행하고 있어 고통을 당할 것이다.

예를 들어, 부모는 자식을 사랑하는 마음으로
부모 역할을 하면서 잘 키우고

자식이 성장하여 어른이 되면 독립시키는 것이 순리이다.
만일 부모가 자식을 사랑하는 마음이 없어서
키우지 않고 버린다면
우주 흐름을 거스르는 역행이기에 고통 받을 것이다.
또한 자식에게 부모 역할을 맡기고 자식 자리로 내려가
부모와 자식의 역할을 바꾼 부모도
우주 흐름에 역행하고 있는 것이다.
효도하라는 핑계로 자식에게 생계를 책임지게 하고
부모 역할을 떠넘기는 것은 순리의 인간이 아니다.
물이 거꾸로 흐르는 것을 보았는가!
내리사랑이라는 말처럼
부모는 무조건적인 사랑으로 자식을 보살피고
어떤 대가도 요구하지 않아야 한다.
성인이 된 자식을 계속 어린아이 돌보듯이 보살피고
물질적으로 의존토록 하는 부모도 순리가 아니다.
동물도 다 자란 새끼가 곁을 떠나지 않으면
어미가 새끼를 버리고 가 버린다.
그래야 새끼가 어미로 성장할 수 있기 때문이다.

자식은 성장하여 부모 역할을 할 준비를 해야 하는데,

그 성장을 방해하는 것은 우주 흐름에 역행하는 것이다.
모든 자연의 섭리는 우주 에너지 흐름과 일치한다.
인간도 자연의 일부이기에 자연의 섭리를 따라야 한다.

부부 사이에도 우주의 흐름이 있다.
부부는 서로 존중하고 인정해 주어야 하는데
그렇지 못한 경우와
무시하는 마음 때문에 싸우거나
아예 무관심하게 소 닭 보듯 하는 경우도
우주 흐름의 역행이다.
한 가정에서 아버지는 가장 역할,
어머니는 주부 역할,
자식들은 자녀로서의 역할을 잘 수행해야
이 가정의 에너지 흐름이 원활하여
행복하고 풍요로워지는데,
그 에너지 흐름이 역행으로 인해 막히거나 정체되면
고통이 생긴다.

여기서, 자신의 위치에서
자신의 맡은 역할을 한다는 것은

기계적이고 물리적인 역할을 의미하는 것이 아니라
마음 차원에서 역할에 맞는 마음으로 하는가를 말하는 것이다.
자식이 부모에게
겉으로는 존경하는 척하면서 실제 마음에서는 무시한다면
우주 에너지 흐름은 막혀 있는 것이다.

인간을 비롯한 삼라만상 우주의 근원은 마음이다.
마음 차원에서 일어나는 작용은
현실에 나타나는 물질과 현상의 씨앗이 되는 것이다.
자신이 만일 가정이나 학교, 직장 등 어느 곳에서든
어려움을 겪고 있다면 자신의 마음을 살펴보라.
그 위치, 그 역할에 맞는 마음가짐이었나를…….

예를 들어, 학교생활에 문제가 있다면
내 마음이 학교를 사랑하고 공부를 열심히 하며,
선생님을 존경하고 친구들을 존중하며,
사이좋게 지내려는 마음인지 점검해 보면 된다.
내가 남편과 불화하다면 남편을 무시하고 있지는 않은지,
결혼 전에 헤어진 남자를 마음에 품고 있지 않은지 등
내 마음을 보면 된다.

직장에서 해고를 당했다면
내가 직장을 사랑하고 열심히 일했는지,
상사를 부하 직원으로서 존경하고 따랐는지,
동료들을 좋아했었는지 자기 마음을 보면 될 것이다.
해고는 사장이 시키는 것이 아니라
그대 마음이 그 역할 그 자리를 거부할 때
우주가 사장을 통해 전달하는 메시지인 것이다.
이처럼 삶에서 일어나는 모든 일은
바로 그대의 마음이 만들어 내는 작용이다.
따라서 삶에서 그대의 마음가짐이 가장 중요하다.

지금 처해 있는 자기 위치와 역할에 맞는 마음가짐일수록
그대는 우주 에너지의 흐름을 타고 있기에
더 행복하고 성공적인 인생을 살게 될 것이다.

사람들은 문제의 원인을 찾을 때
이미 결과로 나타난 현실에서 찾으려고 한다.
모든 것의 원인은 마음 안에 있다.
마음을 들여다보면 그곳에
현실의 문제를 나타나게 만든 씨앗이 있을 것이다.
그 씨앗을 파내어 버리면 된다.

잠재의식인 마음으로 들어가 씨앗이 된 마음을 버려야
비로소 현실의 상황이 끝이 날 것이다.
'마음공부'란 잠재의식을 열어 현실 문제의 근원인
마음 씨앗을 제거해 나가는 과정인 것이다.

마음공부를 통해 문제의 씨앗을 제거하여
우주 에너지의 흐름을 탄 증거는 무엇인가?
그대의 현재 마음 상태가 그 증거이다.
그대가 지금 우주 에너지 흐름과 함께하고 있다면
감사함과 기쁨, 희망의 상태에 있을 것이다.
기분 나쁘고 불쾌하며 두렵고 화나는 등의 반응은
우주 에너지 흐름과 역행하고 있다는 증거이다.
하루에 얼마의 시간 동안 유쾌한지 또는 불쾌한지가
인생의 행복과 성공을 결정한다.

늘 그대의 마음을 열어 두고
우주 에너지의 흐름과 일치시켜라.
항상 그대 마음에
기쁨과 희망과 사랑의 에너지가 흐르도록 하라.
그러면 삶의 현실에서도 그 열매를 맛보게 될 것이다.

그린마인드

## 조화로운
## 대인 관계를 위하여

행복하고 성공적인 삶을 위한 가장 중요한 것 중 하나는
대인 관계를 잘 할 수 있는 능력이다.

타인과의 관계가 조화로우려면
우선 자기 자신과의 관계부터 점검해야 한다.
외부인 삶에서 인간관계를 잘 하려면
내부인 '마음'에서 나 자신과의 관계가 조화로운지
먼저 살펴야 한다.

나 자신과 친하지 않은 사람이
어떻게 타인과 친할 수 있겠는가?

사람들은 다른 사람과의 소통을 잘 하려고 노력할 뿐
자기 자신과의 소통은 별로 중요하게 여기지 않는다.
그런 사람은 자기를 무시하고 무가치하게 여기는
자존감이 낮은 사람이다.
자존감이 낮은 사람일수록
대인 관계가 좋을 리 없다.

또, 사람들이 자신과 소통하지 않는 이유는
자기 자신을 다 알고 있다고 착각하면서
자신은 알기 위해 노력하고 소통할 대상이라고
생각하지 않기 때문이다.

그대가 어떤 사람인지
진정 다 알고 있다고 생각하는가?
지금 한번 생각해보라,
내가 어떤 사람인지.
무엇을 좋아하며 어떤 것을 잘할 수 있고,
어떤 직업을 가지면 가장 행복할 것인지,
어떤 배우자와 살아야 평생 행복할지,
내가 진정으로 원하는 것이 무엇인지 등등

인간의 눈은 항상 외부를 향해 열려 있기에
떨어져 있는 것은 잘 보여도
자신과 가까이에 있을수록 잘 보이지 않는다.
적당히 떨어져 있어야 잘 보이는 것이다.
그런데 '나'라는 존재는 태어나면서 지금까지
외부의 존재가 아닌 그냥 나와 하나 된 채 살아왔기에
나 자신과의 간격은 전혀 없다고 할 수 있다.

그래서 타인은 객관화되지만
나는 객관화되지 않는다.
객관화되지 않으니 잘 보지 못하고
타인보다도 더 나를 알지 못하는 것은 당연하다.

자기를 객관화하여 돌이켜 보는
소수의 수행자를 제외한 대다수의 사람들은
그렇게 자기한테 무지한 채 살아가고 있다.

자기 자신도 잘 모르는 사람이
어떻게 타인과 소통을 잘 할 수 있는가?
먼저 자신과 소통하는 법을 배워야 한다.

그래야 타인과도 조화롭게 소통할 수 있다.

그대 내면에는 무수히 많은 '나'가 존재한다.
슬픈 나, 두려운 나, 이기적인 나, 귀여운 나,
가식적인 나, 즐거운 나, 미운 나, 예쁜 나 등
헤아릴 수 없이 많은 '나'가 한 몸에 공존하고 있다.
그것을 사람들은 '가짜 나'라고 하여 '에고'라고 부른다.

내면에 에고가 많은 사람은
순간순간 에고들이 서로 갈등하며 싸우기에
마음이 늘 전쟁터이다.
예를 들어, 연인과 싸운 사람의 마음은
"헤어져 버려."라는 에고,
"헤어지면 너무 외로우니 네가 먼저 사과해." 하는 에고,
"자존심 상하니까 시간이 좀 지나서 사과해." 하는 에고,
"지금 전화할까?" 하는 에고 등
마음속이 수많은 에고로 갈등하니 괴로운 것이다.

한시도 편안하고 잠잠할 날 없이
늘 갈등하고 아우성치면서 서로 싸우는 에고들로 인해

마음은 불안, 긴장의 연속이고 머릿속은 복잡하다.

그런 에고를 잠재우는 유일한 방법이
공감하고 이해해 주는 것이다.
마음을 공감하고 이해해 주면 소통이 되고,
소통이 되면 에고는 소멸되어 잠잠해진다.
이처럼 자기 내면의 에고를 알아차리고 소통해야
마음의 평안을 얻을 수 있게 된다.
자기 내면의 갈등이 사라져 마음의 평안을 얻은 사람만이
타인의 마음을 공감하고 이해하며 소통할 여유가 있기에
조화로운 대인 관계의 기본은 자기와의 소통인 것이다.

세상은 자신의 마음이 비치는 그림자이니,
자기 마음을 안 만큼만 타인과 세상을 알 수 있다.

자기에 대해 많이 아는 사람일수록
타인에 대해 잘 이해할 수 있다.
자기와 소통을 잘 하는 사람일수록
타인과의 소통에도 능하다.
자기를 잘 이해해 주는 사람일수록

타인을 잘 이해해 줄 수 있다.
자기를 사랑하는 사람일수록
타인을 사랑할 수 있다.

따라서 타인과 세상을 잘 알고 소통하기 위해서는
그대는 세상 그 누구보다, 어떤 것보다
자신에 대하여 가장 깊이 관심을 갖고
이해하는 것이 선행되어야 한다.

알고 보면
세상에서 만나는 모든 사람들이 다 '나'인 것이다.
현실은 내 마음을 비추는 거울이기에
내 안에 없는 것은 밖에도 존재하지 않는다.

진실로 말하건대,
내 안의 무수한 나의 모습들이
외부인 현실에서 나에게 오는 타인들의 모습인 것이다.
마음의 눈을 뜬 자는 이 진실이 보인다.
에고의 눈으로 본 타인과 나의 분리감은
환상이며 거짓인 것이다.

현실은 내 마음이 외부로 투사되어 나타난 것이기에
외부 현실의 모든 것은 다 내 안에 있는 것들이다.
예를 들면,
현실에서 사기당한 사람은
내면의 마음에 사기꾼 마음을 가진 나가 있는 것이다.
배신을 많이 당하는 사람은 배신당한 마음이 있는 것이고,
왕따를 당하는 사람은
내가 나를 이해해 주지 않는 왕따 마음이 있는 것이다.

이렇게 내 마음속 수많은 나를 만나는 곳이 현실이다.
만약에 마음속의 싫어하는 나를 외부에서 만나면
거부하고 싫어하게 되면서 갈등이 생길 것이다.
그러나 내가 좋아하는 나, 이해하는 나를
외부인 현실에서 만난다면
좋아하고 이해해 줄 것이다.

이처럼 외부의 모든 인간관계의 갈등은
내면의 싫어하는 나와의 갈등 관계가
밖으로 표출된 것이기에
먼저 내 마음 안의 갈등을 푼다면

현실에서도 풀릴 것이다.
내가 싫어하는 나와 화해하게 된다면
현실에서 싫어하는 사람은 사라지고 나타나지 않을 것이다.

내 안의 갈등하는 수많은 나와 화해하고 소통하는 것이
마음공부이다.
마음속 수많은 나와의 갈등을 풀고 소통하는 것이
세상과의 소통을 잘 할 수 있는 길이기에
마음공부를 하면
대인 관계가 부드럽고 조화로워지기 마련이다.

내 안의 나인 에고에게
충분히 관심을 가져주고 이해해 주고 보듬어 주면
사랑 달라고 애정 결핍에 징징거리던 에고가
잠잠해지면서 하나둘씩 점점 사라져간다.
따라서 갈등하고 괴롭던 마음이 사라지면서
편안해지고 고요해진다.

그리하여 내 안의 수많은 나와 모두 화해되어 소통될 때
내 안의 모든 에고는 소멸되고 자기를 완전히 사랑하게 된다.

자기의 모든 것을 사랑하는 사람은
세상 모든 것을 사랑하는 사람이고,
무수한 가짜 나인 에고가 사라져
'참나'로 거듭 태어난 사람이다.
존재 자체의 행복을 누리는 사람이다.

세상은 그를 '깨달은 사람'이라고 부른다.

스스로를 있는 그대로 인정하며 살아야
진정 행복한 삶이다.
행복한 삶을 원한다면 깨달아야 한다.
깨달음은 오직 삶의 문제가 드러나
치유되는 과정을 통해서 이루어진다.

# 깨달음 10

*Mindfulness*

마음챙김 명상에세이

여왕꽃의 탄생

## 깨달음에 대한
## 진실

깨달음에 대하여 잘못 알고 있는 사람들이 많다.
흔히들 깨달음에 대해 "속세를 떠난다."는 표현을 한다.
깨달으려면 세상을 등지고
산 속이나 사람이 살지 않는 외진 곳으로 가서
삶의 모든 즐거움을 포기한 채
일반인과는 전혀 다른 인생을 사는 것으로 생각한다.
정말 큰 착각이며 오해다.

왜 깨달으려 하는가?
행복한 삶을 살기 위해서 깨달으려는 것이다.
내가 누구인지도 모른 상태에서

어떻게 행복할 수 있겠는가?
행복한 기억상실증 환자를 보았는가?
그에게 기억상실증에서 깨어나기 전까지
진정한 행복은 없을 것이다.
살면서 늘 자기의 정체성만이 궁금할 것이고
온통 그 생각만이 머리 속에 맴돌아
도저히 내가 누구인지 찾지 않으면 살 수가 없을 것이다.
바로 같은 이유로 사람들은 깨달으려고 한다.

사람들은 행복하기 위해
돈 벌며 출세하고, 그토록 노력하지만
늘 마음이 허전하고 행복하지 않은 것은
자신이 누구인지 모르는 기억상실증에 걸려 있기 때문이다.

자기가 우주의 창조자이며
삶의 주인인 줄 모르는 상태로 살기에
그토록 삶이 두렵고 세상이 고통스러운 것이다.
깨어나 본연의 자기를 알아야
모든 두려움이 사라지고
감사와 사랑만이 존재하는 진짜 세상이 펼쳐진다.

가짜 세상은 고통과 미움, 두려움으로 가득하나
진짜 세상은 온통 아름다움과 신비함으로 가득하다.
내가 만든 천국의 새 세상에서
고통 없이 기쁘게 살기 위해 깨닫는 것이다.

깨닫지 않고는 삶의 고통은 사라지지 않는다.
행복한 삶을 원하는 모든 사람들은
오직 깨달아야 할 것이다.

깨달은 사람에 대한 오해와 편견도 있다.
깨달은 사람은 먹고, 입고, 자는 등 생활 속에서
무엇인가 일반인과 다를 것이라고 생각한다.

자장면을 먹은 적이 있었는데,
어떤 분이, 어떻게 깨달으신 분이
이렇게 상스러운 음식을 드시냐는 말에
그럼 어떤 것이 성스러운 음식인지
가져와 보라고 한 적이 있다.
화려한 옷이나 장신구를 하면 너무 세속적이라고 한다.
그럼 거룩한 옷을 가져와 보라.

성스럽고 거룩한 것과 상스럽고 세속적인 것을
구분짓고 있다면 그는 깨달은 자가 아니다.
깨달은 사람은 그의 육체가 아니라
의식이 깨달은 것이기에
육체적인 행위나 모습을 보고 알 수 있는 것이 아니다.

사람들은 삶의 모든 것을 소유하려 하고,
집착으로 붙들고 놓지 못하기 때문에 괴로워하지만
깨달은 사람은 모든 집착이 사라져서
삶의 모든 것을 사랑하고 매 순간을 즐기는 삶을 산다.

많은 사람들이 깨달으면 화를 안 낸다고 생각한다.
화를 안 내고 점잖으며 조용한 사람이
깨달은 사람이라고 생각한다.
깨달은 사람은 그렇게 틀에 갇혀 있지 않다.
그는 슬퍼하고 화내고 기뻐하는 등
자기 표현에 자유롭다.

깨닫는다고 돌부처가 되는 것이 아니다.
사람들은 자기 마음의 노예 상태이기 때문에

저절로 일어나는 마음에
이리저리 끌려다니며 고통을 당하는 반면,
깨달은 사람은 마음의 주인인지라
마음을 일으켜 자유자재로 쓰는 것이 다를 뿐이다.

깨달은 사람은 어떤 조건에서도 항상
행복할 수 있는 능력을 가진 사람이다.
어떤 사람도 사랑할 수 있는 능력을 가진 사람이다.
어떤 상황도 다 수용하고 기뻐할 수 있는 사람이다.
삶의 고통이라는 화살을 맞지 않고 세상을 사는 사람이다.
조건에 상관없는 무한하고 영원한 행복을 원하는 사람은
깨달으면 되는 것이다.

달빛 아래 행복한 세상

## 깨달음과
## 삶의 관계

대다수 사람들이 생각하듯이
깨달음은 특정한 소수의 전유물이 아니다.
또한 깨달음이란
일반적이고 평범한 삶을 외면하고
특별한 삶을 추구하는 것도 아니다.
오히려 아주 자연스럽고 평범한 삶을 살게 되는 것이
깨달음이다.

사람들은 자연스럽고 평범한 삶이
가장 쉬운 삶이라고 생각한다.
그러나 가장 어려운 것이 자연스러운 삶이다.
사람들은 자연스럽지 않고 평범치 않게 살기 때문에

삶이 어렵게 느껴지는 것이다.

자연스럽고 평범하게 사는 것이
가장 위대하고 비범하게 사는 길이다.
하지만 깨달아야만 가능하기에 결코 쉽지 않다.

사람들은 자신들이 얼마나 부자연스럽고
억지스러운 모난 삶을 사는지 알지 못하기에
누구나 자신은 평범하게 산다고 생각한다.
정말로 자연스럽고 평범하게 산다면
삶은 절대로 고통스럽지 않다.
자연스럽게 흐르는 물이 고통스럽지 않듯이
삶의 모든 것을 수용하는 자연스러운 삶은 힘들지 않다.

민들레는 민들레임을 인정하는 삶을 살기에 행복하다.
하지만 인간은
자신을 있는 그대로 인정하고 받아들이지 못한다.
자신이 부족하다고 생각하여
더 나은 인간이 되고 더 발전하려고 노력한다.
그래서 불행한 것이다.

늘 자신과 남을 비교하며 부족한 점을 찾아서 질책하고
보완하려고 노력하며, 삶이 왜 이렇게 힘드냐고 투정한다.
장미나 백합과 비교하며 괴로워하는 들꽃을 보았는가.
장미의 삶과 백합의 삶, 들꽃의 삶은 각각 다른 것일 뿐
우열이 있지 않다.
그들은 이것을 알기에 자족하며
다른 무엇이 되려고 애쓰지 않는다.
만족함을 알기에 그들은 행복하다.

인간만이 자신의 삶에 만족하지 못하고
타인의 삶을 흉내 내려고 애를 쓴다.
자기만의 삶을 살지 못하는 것이다.
자기만의 삶을 살아야 위대한 인생이다.
자기만의 삶을 살아야 인생은 예술로 승화된다.
그 삶을 통해 세상을 감동시킬 수 있는 것이다.
자족하여 자기만의 삶을 살 수 있으려면 깨달아야 한다.

깨달아서 삶에 거부하고 투쟁하지 않으며
자연스럽게 삶을 받아들이면서
스스로를 있는 그대로 인정하며 살아야 행복한 삶이다.

누구나 행복한 삶을 원한다면 깨달아야 한다.

또한 삶을 통해 자신의 문제를 보아야 깨달음이 가능하다.
깨달으려 갈망하는 자는
우주가 마음의 눈을 열어 줄 것이고
그 눈을 통해 자신의 삶을 관조하게 될 것이다.
그때 삶은 그대의 문제를 보여 줄 것이다.
그대 마음의 문제인
부자연스러움과 억지스러움을 보여 줄 것이다.
삶을 거부하고 저항하는 마음과 자신을 싫어하는 마음들이
삶 곳곳에서 열매들로 나타나 있어 보게 될 것이다.

문제가 드러나면 치유할 수 있다.
삶의 문제가 치유되면서
그대의 삶은 변화되고 상황은 점점 개선될 것이며
모든 것이 제자리를 찾아가게 될 것이다.
몸과 마음, 삶이 치유될수록
그대는 깨달음을 향해 나아가게 될 것이다.

이처럼 깨달음과 삶은 양 바퀴와 같이 상호보완적이고

서로에게 있어 꼭 필요한 요소인 것이다.
삶은 깨달음이 있어야 행복해지고
깨달음은 오직
삶의 문제가 드러나 치유되는 과정을 통해
이루어지기 때문이다.

행복한 삶에 이르는 오직 한 길은 깨달음의 길이다.
깨달을 수 있는 오직 한 길도 '삶'이라는 수행 터뿐이다.
삶과 깨달음은 하나이지 둘이 아니다.
사람들아, 그대들은 깨달으려고 삶을 창조하고
인간의 모습으로 세상에 나타난 신성이다.
이 삶이 존재하는 유일한 목적은 깨달음이다.

지금 깨달음을 외면한 채
밖으로 헛되고 공허한 삶의 목적을 추구하는 사람들아,
그대들은 사는 것이 아니라
진짜 삶의 목적이 깨달음임을 알지 못해 방황하는 것이다.
그대 내면으로 들어가라.
그대 내면의 신성이 손짓해 부르고 있다.
그 곳에 진짜 참세상 낙원이 있다.

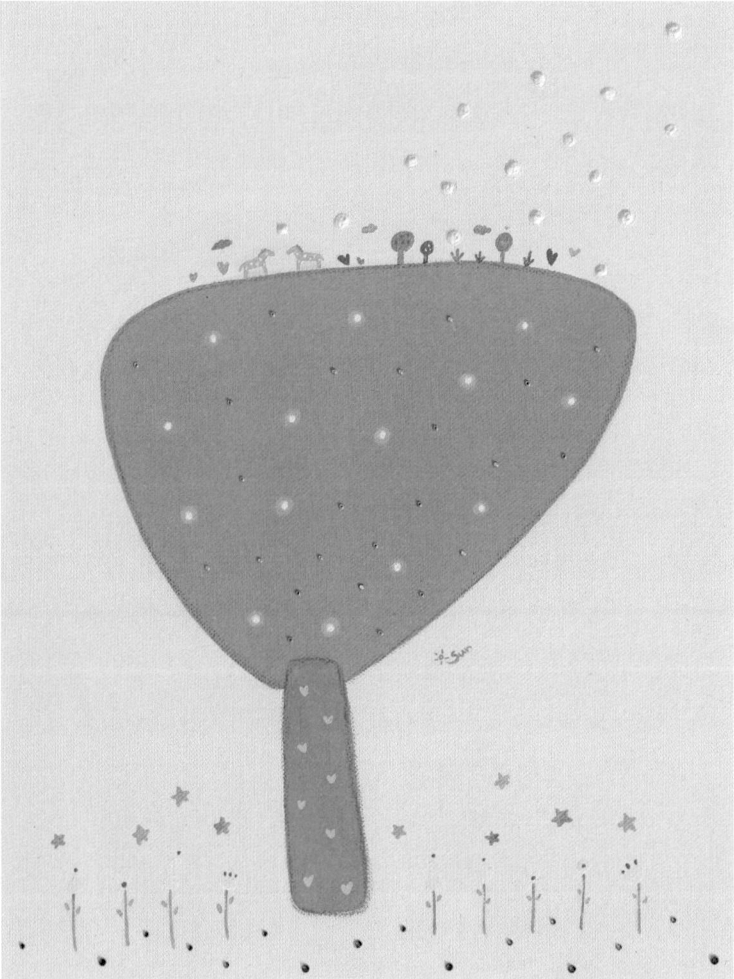

낙원

## 깨달음의 시대

누구나 '깨달음'이란 말은 들어보았을 것이다.
그런데 대부분의 사람들은 그 말을 들으면
나와는 상관없는 일이요, 남의 얘기처럼 멀게만 느껴지고,
특정 소수만을 위한 전유물인 것처럼 느낀다.

하지만 앞으로 깨달음에 대한 이 통념은 변할 것이다.
깨달은 사람들이 많이 나와서
그들이 본 진실하고 아름다운 세상을 노래하게 될 것이며,
깨달아야만이 진실로 참되고 행복한 삶을 살게 되고
생사를 초월한 영원한 안식을 얻게 됨을
모두가 아는 그런 시대가 올 것이다.

깨달은 이들이 세상 곳곳에서 나타나

그들의 삶을 통해 사람들 삶의 패러다임이 바뀔 것이다.

어떻게 살아야 진정 행복한 삶인가?
지금 내가 살고 있는 삶의 방식이
진정 내가 원하던 행복한 삶인가?
인간이라면 누구나
한 번쯤 생각해 보아야 할 문제임에 틀림없다.

만약 이 삶에 대해서, 자기 자신에 대해서
생각해보지 않고
맹목적인 삶을 살고 있다면
그는 동물 수준의 삶을 살고 있는 것이다.
동물은 '어떻게 살아야 하는가',
'나는 왜 이렇게 태어났는가' 하는 고민을 하지 않는다.
그저 먹고 배설하며 살아갈 뿐이다.

오직 인간만이 삶에 대해 고민하고
자아성찰을 통한 의식 향상을 이룰 수 있다.

깨달음을 향한 마음공부는 자아에 대한 공부이며

삶에 대한 공부이다.
이 공부는 진정한 행복을 찾는 공부이며
삶의 방식을 바꾸는 공부이다.
우리가 사는 고통의 세상을 천국으로
송두리째 바꾸어 놓는 공부이다.

그대가 갇힌 마음 너머에 진짜 세상이 존재한다.
사람들은 상상도 못할
참으로 진실하고도 아름다운 낙원이 거기 있다.
사람들은 그 세상을 알지 못하고
거짓 세상인 꿈속 세상에 살기에
그렇게 힘든 것이다.

진짜처럼 보이는 이 세상은 꿈이며,
그림자인 허상에 불과하다.
헛것이며 가짜인 세상이기에
그렇게 가지고 또 가져도 만족이 없고,
먹고 또 먹어도 배고프고, 올라가고 또 올라가도
욕망의 갈증이 가시지 않는 것이다.
생각에 갇혀 있기에

옳다 그르다, 맞다 틀리다 늘 싸움박질하는 세상이요,
꿈속의 세상인 줄 모르기에
조그만 일에도 겁에 질려 벌벌 떨고 사는
두려움 속 세상이다.

이 모든 것이 꿈에서 깨어나지 못하고 잠들어 있기에
일어나는 일들이다.
평화로운 세상 행복한 세상은
돈으로, 명예로, 권력으로
또 어떤 위대한 인물의 능력으로도 만들어지지 않는다.

누구든 오직 꿈에서 깨어날 때 가능하다.
그때 비로소 이분법적인 생각의 틀에서 벗어나
모든 분쟁과 갈등이 멈추게 되고,
인체 오감의 한계가 주는 고통에서 벗어나게 되어
평화롭고 행복한 영원한 안식처인 본성에 거하게 된다.

큰돈을 벌고 아무리 위대한 일을 한다 한들
다 꿈속의 일이요, 헛것일 뿐이다.
꿈에서 돈 벌고 잘살고 출세하고가 무슨 소용이란 말인가!

꿈에서 깨어나는 것이 급선무인 것을…….

인간의 몸으로 태어난 참목적은
내면의 '참나'인 본성을 회복하여 진짜 세상을 만나
영원한 안식과 행복을 누리게 하려는 데 있다.

앞으로 많은 사람들이
마음의 눈이 열려 깨어나게 될 것이고,
그렇게 될 때 세상 사람들은 마음 너머에 있는
진실된 세상의 존재에 눈뜨게 될 것이다.

누구나 그 진실된 참세상을 갈구하고 찾게 되는 날
깨달음은 특정인을 위한 전유물이나 신비가 아닌
행복한 삶을 위한
필수 요건이자 상식이며 과학이 될 것이다.

깨달음이 삶의 상식이 되는 새 세상이 다가오고 있다.
그 날이 오면 진정 우리 모두 기뻐하리라.
그 날이 오면 진정 평화로운 세상, 아름다운 세상,
우리 모두 하나인 세상에서 마음껏 노래하리라.

축제의 날

## 깨달음은
## 자유인이 되는 것

사람들은 자유롭고 싶어하고 구속받는 것을 싫어한다.
그런데 대다수 사람들이 자유의 참의미를 모르고 있다.
자유란 마음의 상태를 말함이지
육체나 현실의 상황을 말하는 것이 아니다.

구속받는 것을 싫어하고 거부한다는 것은
마음이 자유를 누리고 있지 못하다는 것을 의미한다.
마음이 자유로운 사람은
현실에서 아무리 구속당해도 싫어하거나 저항하지 않는다.

진정 자유로운 사람은

마음을 구속하는 모든 틀에서 벗어나
자유로운 사람이다.
그런 의미에서 본다면 많은 사람들이 지금
자신이 자유롭다고 생각하는 것은 착각이다.
마음이 아닌 육체와 현실에서 본 자유이기 때문이다.

'자승자박'이라는 말이 있다.
자기가 맨 동아줄에 스스로 결박되어 있다는 뜻이다.
그 줄은 자신이 묶었기에
풀 사람도 오직 자기 자신뿐이다.
자기가 묶은 이 줄을 스스로 풀고 해방될 때
그때 참자유가 있다.

사람들은 누구나
자기 관념이라는 동아줄로 자기를 옭아매고 있는데,
그것을 까맣게 모르고 있다.
'자기 관념'이란
살면서 타인이나 책으로부터 듣고 교육받은
지식이나 계율, 도덕, 관습 등이
마음의 에너지 형태로 저장된 것을 말한다.

관념은 세상을 살아가는 잣대가 되어
스스로를 괴롭히게 된다.
자기 관념을 벗어나는 생각이나 행동, 말을 할 때마다
괴로움을 당하게 되는 것이다.

머피 박사의 책에 보면
두 자매의 이야기가 나온다.
언니는 병든 부모님을 수발하면서
희생적인 삶을 사는 데 반해,
동생은 병든 부모님은 내버려 둔 채
항상 놀러 다니며 남자를 사귀면서
입버릇처럼 자신은 돈 많고 멋진 남자를 만나
행복하게 살 것이라고 말하곤 했다.
언니는 그런 동생이
철없고 나쁜 아이라며 싫어했고,
희생하는 삶을 살아야 한다고 생각했다.
결국 언니는 병든 부모 수발을 들며 희생하다가
부모가 죽자 병들어서 곧 따라 죽게 되었고,
동생은 그의 바람대로 돈 많고 멋진 남자를 만나
행복하게 살았다는 이야기이다.

마음의 세계에서 선악은 없고, 옳고 그름도 없다.
오직 자신이 정한 법인 자신의 관념대로
현실인 삶이 창조될 뿐이다.
두 자매는 자신이 정한 법인 관념대로
스스로의 인생을 살게 된 것이다.

인간이 선악의 판단에 매인 관념의 틀을 벗어버리고
자유로운 인간이 될수록
그는 선악을 초월한 완전한 선을 이룰 것이고,
행불행을 초월한 완전한 행복을 얻을 것이다.

관념을 버리고 진정한 자유를 얻게 된 사람은
부모의 병수발을 희생이라 생각하지 않고
행복으로 느낄 것이며,
동생이 잘못한다는 마음도 없어 미워하지도 않는
절대선함을 누리게 될 것이다.

진정한 자유란
자기 스스로를 판단하고 벌주고 힘들게 하는
자기 관념의 틀로부터 벗어날 때 얻어진다.

자기 스스로 자신을 얽매지 않으면
밖의 어느 누구도 그대를 구속할 수 없다.

인간은 오직 자기 자신만이
스스로를 구속할 수 있음을 알아야 한다.
내면의 자유가 있다면
밖에서 보여지는 구속 따위는 문제가 되지 않는다.
자유는 의식의 문제이기에
의식이 자유롭다면 설령 육체는 구속되어 있다 할지라도
답답함과 거부감을 느끼지 않는다.

내면의 자유가 없는 사람일수록
답답함을 많이 느끼면서
외부의 현실에서 자유를 추구하기에
자칫 방종으로 흐르기 쉬운 것이다.

밖에서 조금만 간섭을 해도 참을 수 없고,
누가 무엇을 시키면 짜증이 올라오고,
조직의 틀 안에 있으면 답답하고,
윗사람이 내린 명령에 굴욕감과 분노가 올라오는 등의

반응이 있다면 그것은 밖의 문제가 아니라
내면에 스스로 자승자박한 에고가 반응하고 있는 것이다.

그래서 내면에 자기 관념의 틀이 많아 구속받고 있는 사람은
제멋대로인 삶을 살기 쉽다.
어느 누구의 말도 듣지 않고,
어떤 조직에도 속하지 않으며,
여기저기 떠돌며 사는 방황하는 삶을
자유로운 삶이라고 착각하기 쉽다.

진정한 자유는 내면에서 나온다.
진실로 마음에 걸림이 없어 자유로운 사람은
몸이 결박당해도 답답함을 느끼지 않는다.
하늘을 우러러 한 점 부끄러움이 없다면
감옥에 갇혀도 양심의 가책이 없어
떳떳하고 당당할 수 있는 것과 같은 이치이다.
모든 것은 의식의 문제이지
나타난 현실의 문제가 아닌 것이다.

그대 의식을 모든 관념의 틀로부터 해방시켜라.

관념의 동아줄을 풀고 갇혀 있는 의식을 해방시켜
자유를 얻는 것이 마음공부이다.
모든 구속으로부터 해방되어
법과 도덕, 일체의 계율이나 관습 등을 초월하여
진정한 자유를 누리는 것이 깨달음이다.

법과 도덕 등의 계율을 초월하여
진정한 자유를 누리는 삶이란
계율을 지키는 사람보다 더 선하고 진실되고,
아름다운 삶을 산다는 것을 의미한다.

모든 관념에서부터 해방되어 깨달으면
이 우주에서 법을 제정하는 자는
오직 그대 자신뿐일 것이다.
오직 그대만이 법이고, 진리이고, 생명일 것이다.

알고 보면 세상에서 만나는 모든 사람들이 다 ‘나’다.
현실은 내 마음을 비추는 거울이기에
내 안에 없는 것은
밖에도 존재하지 않는다.

사람은 누구나
정신 내면에 무한한 잠재력을 지니고 태어난다.

# 삶을
# 춤추게 하라

몸과 마음은 동전의 앞뒤 면처럼 하나입니다. 진료실에서 만나는 환자분들은 몸이 아프고 지쳐서 오시지만 사실은 그만큼 마음이 힘들고 지친 분들입니다. 이분들께 권해 드릴 혜라님의 책이 나온다니 기쁨을 이루 말할 수 없습니다. 몸과 마음이 병들고 고단한 이 시대를 사는 모든 분들께 등불과 같은 책이 될 거라 믿습니다.

정주혜(의사, 가톨릭대학교 의정부성모병원 가정의학과 교수)

마음의 세계를 이렇게 쉽게 설명할 수 있다니……. 40여 년을 이론과 표면의식으로만 살아온 내게 이 책은 마음(잠재의식)으로 사는 세상도 있다는 것을 일깨워 주었습니다. 갈수록 삭막해지고 있는 현대인의 마음 힐링을 위한 필독서가 될 것이라 확신합니다.

임성진(명상가, 공학박사, 전 삼성엔지니어링 차장)

이 책은 마음을 맑히고 밝힘으로써 자연스럽게 행복한 삶에 이르게 하는 현대 사회인에게 꼭 필요한 마음서적입니다.

우인혜(대학교수)